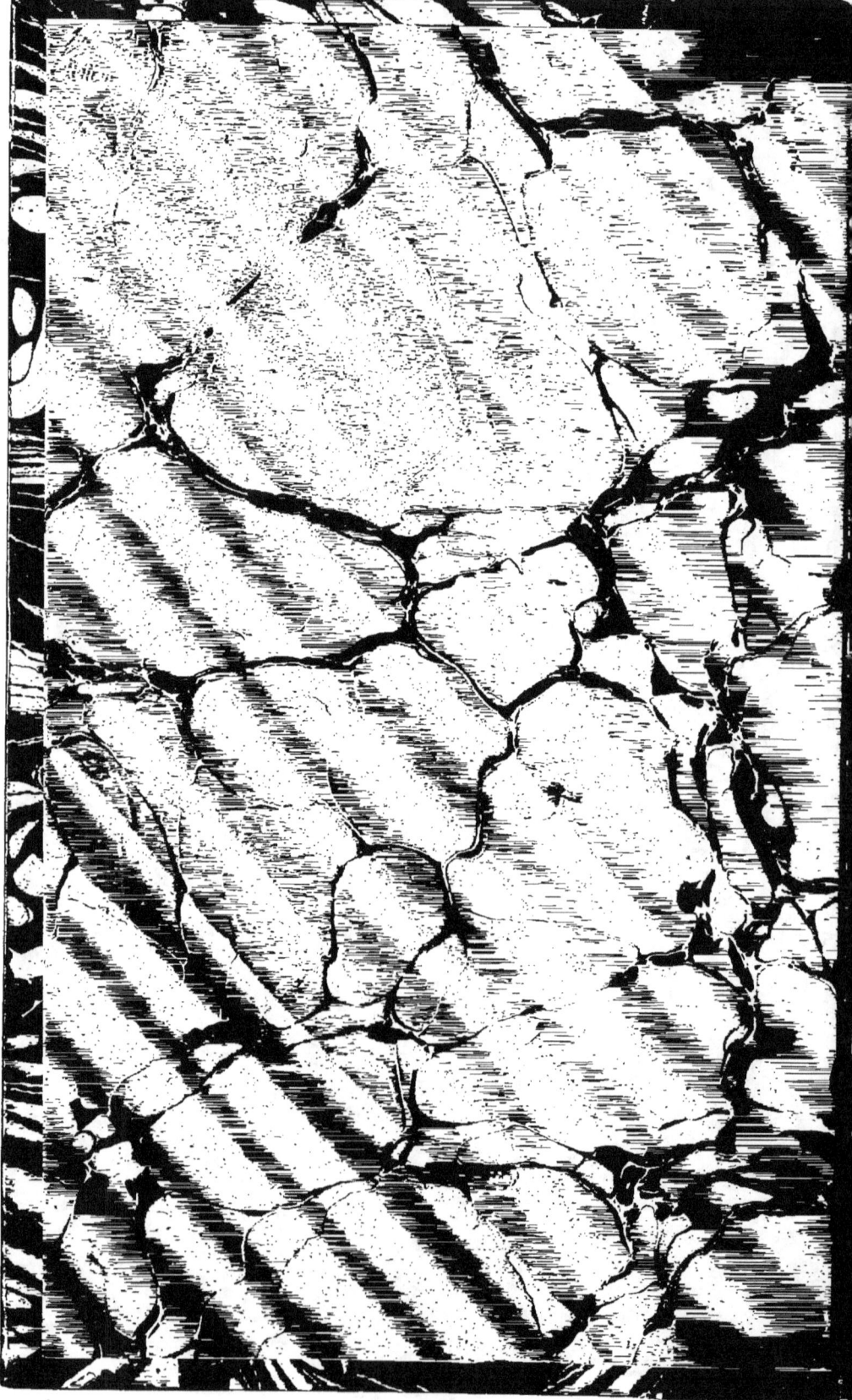

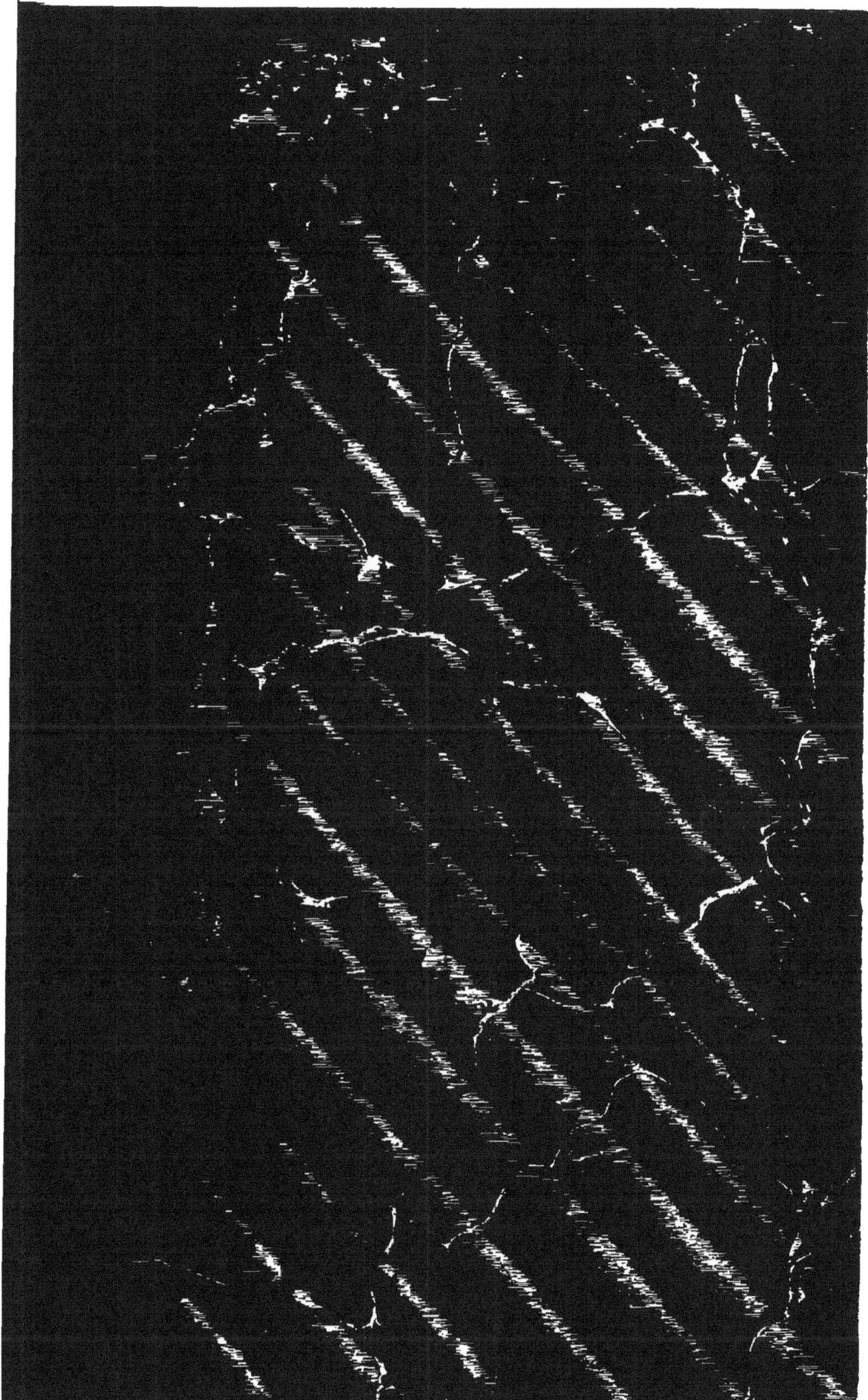

DEUXIÈME ÉDITION

ALEXANDRE HEPP

LES ANGES PARISIENS

PARIS

E. DENTU, ÉDITEUR

LIBRAIRE DE LA SOCIÉTÉ DES GENS DE LETTRES

PALAIS-ROYAL, 15-17-19, GALERIE-D'ORLÉANS

LES

ANGES PARISIENS

ALEXANDRE HEPP

—

LES ANGES

PARISIENS

PARIS

E. DENTU, ÉDITEUR

LIBRAIRE DE LA SOCIÉTÉ DES GENS DE LETTRES

Palais-Royal, 15-17-19, Galerie d'Orléans

—

1886

LES ANGES DE PARIS

LEURS CORPS

Interviewé par un confrère à propos de cette trinité qui règne sur nos théâtres, Georgette, Sapho et Marion, Alphonse Daudet a déclaré que pour lui la Fille n'existe pas, qu'il n'y a que des filles, et qu'elles sont sans influence sur la société.

Cette opinion n'est vraie que d'aujourd'hui.

La Fille a cessé d'être redoutable parce qu'elle a cessé d'être la Pécheresse.

Le souvenir des grandes courtisanes et des belles disparaît, leur image s'efface.

Généreuses et folles de leur corps, elles pouvaient effrayer par ce don troublant qu'elles faisaient d'elles-mêmes ; capables de tout pour conquérir et garder ce qui était au goût de leur baiser, elles

1

quémandaient le plaisir seulement ; elles ne savaient rien, sinon l'amour, et, impérieusement, elles l'exigeaient.

Longtemps les écrivains et le public se sont délectés à ces phénomènes en qui on incarne l'enfer de la chair, — la femme qui ne pardonne pas, la femme fatale...

Et en ce temps, la fille était avant tout cette chose dont il faut préserver nos moelles, une profonde et ardente cause de destruction. Aujourd'hui cette espèce diminue ; nous avons moins d'affaires avec la fille-pieuvre et la fille-vampire.

La fille de maintenant ne s'adresse qu'au ventre des propriétaires pyriformes, elle se colle avec le grand-livre, c'est la poche qu'elle veut vider et non plus tant la cervelle.

Sa science, ses fameux embrassements ne se soucient plus d'aller s'abattre sur les petits vierges de l'amour ou sur les mâles, ce sont les heureux de la cote qu'elle absorbe ; tout son jeu, c'est le tir aux pigeons.

Ses impulsions la mènent rarement au bord d'un précipice ; rangée, elle discute valeurs et coupons.

Elle a les nerfs dociles et le corps bien administré.

Elle n'opère plus pour la satisfaction de son instinct ; on ne la voit guère démolir, semer les ruines et les hontes pour l'assouvissement d'un sang tourmenté de jouissance...

Elle n'a plus le vice sacré, — c'est la névrose de l'intérêt.

Le docteur Charcot a été inventé pour les cas où quelque sincérité se mêlerait à cette explosion. Sitôt que par aventure elle a senti le *clou* s'enfoncer dans son crâne, et la boule lui remonter à la gorge, elle court anxieuse chez le Maître.

Elle n'a plus l'admirable et émouvante insouciance de la dame aux camélias ; elle entre en traitement comme une bourgeoise, elle se surveille, elle se soigne ; elle a peur d'une émotion ou d'un béguin qui pourrait lui faire perdre sa position, elle ne veut pas s'emballer, elle a le cœur et tout l'être pratiques.

Si elle est maigre, elle prend du lait Mamilla, si elle tousse, du fer, si elle pâlit, du quinquina ; au lieu d'arracher les enfants à leur mère, et les époux aux épouses, elle ne demande qu'à déposer entre temps tout ce monde dans la famille comme dans un débarras.

Une bêtise ? Tiens, pourquoi faire ?

D'ailleurs, dans ce faubourg où elles ont poussé,

tout en elles s'est précocement émoussé et jauni ; la frite forcée a tué le désir.

Femmes d'amour, pour premiers tressautements de chair et de tendresse, elles n'ont eu qu les crampes d'estomac.

C'est la faim, l'ennui, le dégoût qui les chassent du taudis où croupissent les parents, les petites sœurs et les frères. Le ruban rose que Nana se pique aux cheveux ne veut ni séduire ni donner ; il est l'enseigne et il dit : A vendre.

C'est la fin d'une légende ; le tempérament, la fatalité sont de moins en moins sous ces existences déroutées.

Elle devient rare, celle qui est terrible pour avoir fui l'atelier, le ménage, le carré de la grande maison, uniquement parce qu'elle aime, brûle et souffre d'une sourde inquiétude des sens.

Le Paris de maintenant, c'est une absorption de la passion et de l'instinct par les besoins âpres de la vie. Le besoin du bien-être anéantit tous les autres : les bijoux de Faust l'emportent sur la jeunesse et la beauté de Roméo.

Ni une cha umière, ni un cœur, ni une virilité, — pas même en rêve...

Un hôtel et un imbécile !

Il faudrait peut-être aller loin, dans la bonne

province, pour trouver la vraie fille à cette heure,
celle de l'homme pour l'homme, celle qui respire
l'amour bruyamment, le hume et s'en enivre...

Et encore, de préférence à une de ces brunes
faucheuses de Breton qui regardent trop le soleil
se coucher en or du côté de Paris, faudrait-il s'a-
dresser à une de ces paysannes de Millet, — belles,
saines et robustes bêtes !

Sur le boulevard, la fille n'est plus ; même au
théâtre la fille nouveau modèle se moque de l'ancienne et ne comprend pas.

Elle songe gentiment à devenir quelque jour
une honnête vieille-garde, adipeuse, souriante,
dans sa graisse à bourrelets, — pot de bière, ou
pot à tabac.

Elle aura fait son métier en conscience, — pas
le plus petit sentiment à se reprocher.

Avec des rentes, elle est assurée contre tout accident ; si par hasard il lui faut une fin plus grave,
elle épousera sagement quelque membre d'un conseil de fabrique, ou mieux, un comédien en
retraite, — son type à elle, le type qu'elle avait
entrevu un instant, gamine, et qu'elle n'a jamais
pu s'offrir, parce qu'il lui aurait mangé ses économies, — trop tôt.

La fille d'aujourd'hui est une réserve pour

le prix Monthyon, et c'est l'espoir du crédit.

Elle ne veut pas nous faire de mal. Elle ambitionne d'être bien vue et de bien payer,

En vérité, il n'y a rien à craindre d'une fille qui ne s'attaque carrément qu'à votre gousset, et toutes, comme on sait, en ce joli temps, n'ont pour diable au corps que le dessein de vous détrousser peu ou prou.

La fièvre d'argent qui nous frappe nous aura rendu ce service au moins de nous débarrasser des déclamations qui sont des pièges et de nous guérir de la maladie de vouloir réhabiliter.

Il n'y a pas à réhabiliter : c'est du commerce ; nous sommes prévenus, et j'ose dire que c'est à merveille.

Je n'ai su jamais, pour ma part, m'indigner contre l' « infâme créature » qui se vend ; celle qui fait aveu de son industrie prétend ne pas se nourrir d azur et ne s'inquiète point de vous jouer un quatrième acte.

Celle-là, c'est l'honnête de ce déshonneur.

Le danger n'est pas auprès de celles qui parlent comme les nôtres de mettre leur argent dans un coffre-fort et sûr. Ce souci même du gain est une garantie.

Dans ces conditions nouvelles, la fille n'a pas

plus d'influence sur la société que la fruitière du coin.

Ce n'est pas contre une de celles-là que Daudet a prévenu ses fils pour quand ils auront vingt ans, ou mieux vingt francs, comme on parodie.

On entre. On sort. Et il y a un comptoir.

On en est quitte pour régler ; on ne vous demande que de laisser là quelques finances,

Ce n'est plus au-devant de l'inconnu que l'on se risque, où tout peut rester avec l'honneur, c'est au-devant de l'addition.

Ce n'est plus à une aventure que l'on va, — c'est à une dépense !

LE DÉGRAISSEUR

Jérôme Paturot ne serait plus embarrassé aujourd'hui pour le choix d'une position.

Des chemins nouveaux sont ouverts.

Nous jouissons d'une collection fort respectable
d'états inédits que le passé ne soupçonnait pas ;
des voies imprévues se sont offertes à l'activité,
nous avons inventé.

S'en tenir aux traditions, se résigner à être médecin, avocat ou bonnetier, c'est assurément d'un
sage, et les honnêtes gens font bien de ne pas vouloir innover : comme le père a vécu vivra bien
l'enfant.

Mais ce serait montrer une ingratitude noire
envers cet heureux âge que de ne pas donner en

passant un mot au moins aux petits métiers inconnus qu'il a révélés et lancés avec tant d'éclat.

Non, il n'est pas de sots métiers, cette fin de siècle le démontre magistralement, et elle pousse cette démonstration jusqu'à expliquer, excuser, afficher les métiers infâmes.

Nous avions comme dernier cri la carrière de mari d'étoile douteuse et la carrière de failli ; les deux sont lucratives, bien posées et recherchées...

Mais voici qu'une troisième carrière s'ouvre aux dilettanti, qui s'annonce sous les plus favorables couleurs et menace les autres d'une de ces concurrences retentissantes qui sont au coin du quai.

J'entends la carrière de dégraisseur.

Le dégraisseur dont il s'agit n'a pas boutique sur rue.

Rien n'annonce son industrie ; il n'est pas sur le Bottin — s'il est parfois sur le Gotha.

Il dégraisse — mais n'est pas le confrère de ces dignes citoyens qui accrochent à leur devanture un long rideau terne comme enseigne et dont c'est le plus vif orgueil d'entasser derrière la vitrine, pâlis et tristes, dans leur bague de papier, les gants du théâtre, du dîner, du bal évanoui.

Il n'opère pas de plein gré et veut être provoqué à la besogne.

Il prétend qu'on lui propose l'affaire, — il attend dans son coin le moment psychologique, il espère tout du hasard qui lui apportera une piste.

Le hasard fréquente volontiers chez les journaux, à la quatrième page. Aussi le dégraisseur appartient-il à la catégorie des « fidèles lecteurs. »

Il dévore les « renseignements particuliers » ; il lit même à travers les mystères de l'initiale et des chiffres, il lit les petites correspondances avec l'aisance d'un maître : il en est le Legouvé. Lorsque, d'aventure, dans le fatras stupide il a découvert ce qu'il cherche, c'est une immense émotion.

Il flaire la besogne, il étudie la commande, il pèse rigoureusement toutes les charges et les avantages de l'opération, — car il ne consent à exercer son ministère que dans les grands prix.

Un de mes confrères, précisément, a cueilli hier au milieu d'un journal de Genève une de ces annonces qui sont pour le dégraisseur tout un cri d'alerte, un signal, un horizon.

Les trois lignes que voici n'ont l'air de rien, et pourtant elles vont jeter la fièvre et le trouble dans le monde où l'on dégraisse :

Demoiselle, dix-neuf ans, un million, ayant grosse tache de famille, épouserait un homme honorable et sans fortune.

On ne saurait, en vérité, dégraisser dans de plus mirifiques et fabuleuses conditions.

Une grosse tache ! A-t-on bien lu ?

Il ne saurait être ici question d'un de ces menus accidents qui sont devenus d'une outrageante banalité : de prendre la suite de Faust ou de Baptiste.

Ce n'est plus une grosse tache comme on sait, d'avoir confectionné si gentiment un bébé à la brune, quand le chant de l'alouette est proche...

Cela se voit tous les jours la rosière qui s'établit sans sa rose. Un homme qui se respecte, un moderniste à la hauteur, ne doit même pas s'arrêter à cette bagatelle.

L'enfant des autres, c'est le mariage pour un peu, — comme l'argent des autres ce sont les affaires.

Il s'agit donc, en l'espèce, d'un assassinat au moins.

La grosse tache ne peut être qu'une tache de sang. Dégraisseurs, voilà de la belle ouvrage ! voilà qui doit émoustiller vos talents.

On exige un dégraisseur vraiment digne de ce nom ; — à vos pièces ! Allons, la chose est pour tenter ; ce n'est plus une plaisanterie cette fois : grosse tache, savourez-moi cela, et que votre amour-propre se pique...

On demande ici le Napoléon du dégraissage !

On ne naît pas dégraisseur, on le devient.

On se réveille dégraisseur un matin. Pour vous jeter dans la carrière, il suffit d'un coup de folie ou d'une lâcheté. C'est très facile.

Lorsqu'on n'a plus un sou devant soi, et dans soi une fierté, on se sent pris d'une pitié irrésistible pour tout ce qui jouit d'une tache, on est mûr pour le dégraissage.

Le dégraisseur a mangé la forte somme avec la *dona* qui est mobilier. Il a eu de l'honneur, un rang, un nom, il n'a plus rien.

Le monde pourtant ne lui fait pas mauvais visage.

Détruit, ruiné, vil, il passe pour un homme fort. Nous avons mis le comble à notre invention en entourant ce joli métier d'une vague considération.

Hier, au temps où l'on se contentait piteusement d'être le médecin, l'avocat ou le bonnetier dont je parlais plus haut, on aurait dit de l'homme qui dégraisse avec cet aplomb : c'est un gredin...

On dit aujourd'hui : c'est un sage.

On ajoute, en faisant le signe de la croix : c'est un chrétien.

Le dégraisseur est enveloppé d'un nimbe.

On juge que le tolérer simplement serait une injustice : on le canonise.

Entre un honnête homme qui ne veut épouser qu'une fille honnête, saine et probe, et un sophiste qui sort des tirades sur le pardon et soupèse le million qu'il gagnera à faire le Christ, on n'hésite pas.

Les félicitations enthousiastes vont au sophiste.

Parbleu, nous avons assez de ces imbéciles qui rêvent au blanc bouquet de l'épousée, qu'on suspend à la croisée.

Le philosophe, le moraliste, le maître est celui qui reprend le bouquet au poing des autres. Il est d'un vulgaire à soulever le cœur, celui qui ambitionne d'avoir eu la vierge dans la mère qu'il fait.

Le mari qui s'attarde à désirer, à respecter, à quérir la fille sans tache, n'est qu'un retardataire ridicule.

Vive le mari Colas !

Cette théorie a été produite aux lumières. Le dégraisseur a été chanté. On l'a proposé comme le héros de la morale nouvelle.

M. Alexandre Dumas a donné un brevet de grandeur, de vertu, de gloire à tous les dégraisseurs de l'avenir.

Ils ont leur bible, ils ont *Denise*.

L'homme qui s'est écrié : tue-la, a changé de cantique ; le voici, prophète détestable, qui se lève et dit : dégraisse-la.

Depuis cette triste parole, on ne compte plus les orphelines qui veulent être protégées, les fautes qui implorent des sauveurs ; maintenant les taches s'exhibent au soleil. La jeune fille qui a eu un « moment d'oubli », — cherchez Roméo ou John ; la veuve qui a commis des imprudences en secret ou en voyage, toutes les ignominies, toutes les malpropretés s'étalent à la surface.

Le dégraisseur a le choix. Et ce n'est pas assez, — il a le beau rôle !

Quelle situation notre hypocrisie a-t-elle faite à cet être repoussant !

Il est plus envié, plus adulé, plus heureux que les braves gens qui ne badinent pas avec l'amour.

Mais par bonheur à ceux-là une compensation reste, c'est de se dire hautement qu'ils ne sont pas assez canailles pour être aussi sacro-saints.

Allons, les dégraisseurs, gardez donc de votre benzine pour vous-mêmes !

L'ART SANS PATRIE

Quelle indignation, quel cri, si au lendemain de
Sedan, du bombardement et de nos douleurs si
noblement haineuses, on nous avait dit :

— Vous applaudirez un jour Wagner, on vous
proposera même de chanter en allemand l'auteur
de la *Capitulation*, vous acclamerez des pianistes
allemands, vous ouvrirez avec enthousiasme les
palais de la Ville à des peintres allemands !

Et voici que nous avons applaudi, acclamé, livré
nos salles !

La dernière étape date d'hier : le préfet de la
Seine vient d'autoriser M. Menzel à accrocher ses
tableaux dans un des pavillons de Paris ; après
l'éloge empressé, énorme, stupéfiant, donné dans

la presse à cet artiste qui est un Prussien militant,
bel et bien — il pénètre chez nous officiellement,
dans la Cité même.

Et ce n'est pas assez : tandis que nous accueil-
lons ici, d'un cœur léger, en foule, les célébrités
de là-bas, obséquieuses mais féroces en dessous,
nous n'avons d'yeux et de politesses que pour le
chancelier ; il ne peut lever son verre sans que
nous prenions intérêt à cette puissante beuverie ;
que pense-t-il ? que dit-il ? que veut signifier pour
nous son rire Krupp ? Nous offrons des succès à
ses panégyristes les plus grossiers, et des traduc-
teurs haut placés se rencontrent qui réclament
notre « admiration » pour les *Lettres politiques
confidentielles de M. de Bismark*, et qui résument
hardiment en lui Richelieu et Talleyrand !

Piétinant et bavant sur tout ce qui est de chez
nous, quelques-uns ont pris cette mode de regarder comme sublime et génial tout ce qui se fait
au pays d'Allemagne et nous invitent à considérer
seulement, par une stupide affectation de dilettan-
tisme, en M. de Bismark l'artiste incomparable
qu'il est, quand il combine ses coups, quand il
mange, quand il déguste, quand il dort, quand il
écrit...

Tout cela sous le couvert de ce prodigieux lieu

commun, de ce préjugé ramollissant que l'Art n'a
pas de patrie !

Il importe au contraire qu'il en ait une — il
en a une !

C'est en s'en allant proclamer aux carrefours
que l'Art appartient également à tous, de quelque
main, de quelque cerveau qu'il sorte ; qu'il est in-
ternational comme un sleeping-car, qu'il ne tient à
aucun des caractères particuliers des races, qu'on
réussit à le diminuer et qu'on se diminue soi même.

L'art change avec les espèces, avec les mœurs,
avec les cœurs, avec le thermomètre, avec le
sang : et il n'est, à vrai dire, que s'il porte, bien
frappée, l'empreinte distinctive des peuples.

Je ne vois pas encore l'alliance, la fraternité, le
grand épousement dans une inspiration de poète
ou de musicien, du Russe et du Havanais.

Je ne vois pas davantage que le souffle qui a
produit la *W₁tch am Rhein* puisse servir aussi
cette terre d'où vibrante, fière, avec une flamme
sans rivale, la *Marseillaise* a jailli !

L'une, guerrière avec solennité et mélancolique-
ment grave, est faite pour un tempérament fermé
aux folies héroïques, incapable de vibrations et d'é-
lans éperdus ; l'autre, dans la France seule pouvait
naître et tout d'un coup surgir.

Elles sont belles toutes deux, parce que précisément elles parlent d'une profonde différence des âmes, parce qu'elles montrent la fusion impossible, parce qu'elles disent leur race.

L'Art en vérité, n'est pas une chose flottante, sans couleur ni forme ; il a des lumières qu'on ne distingue pas ici, et qui là éblouissent ; il a des sanglots qu'ignore le Kamchatka et qui bouleversent ailleurs.

Si l'Art n'a pas de patrie, pourquoi l'Allemagne ne comprend-elle pas Molière dans son plein, pourquoi Shakespeare tel qu'il est nous échappera-t-il toujours ?

L'Art n'est jamais aussi grand que lorsqu'il vit de la vie propre à chaque nation, qu'il s'élance vraiment de ses entrailles et se confond avec elle, la représente, la personnifie.

Pour n'être pas « impassible », il n'est pas condamné à ces imperfections que prédit certaine école ; plus il se plonge dans l'action, plus il pénètre sous la peau d'un peuple, plus il exprime. M. Renan, ces jours-ci, avançait à l'Académie que l'Art ne vaut qu'en s'intéressant à la mêlée des idées d'un pays...

Il aurait dû ajouter que c'est à la condition seule d'avoir son Art bien à soi qu'un pays conserve sa figure...

Avons-nous si bien gardé la nôtre, sommes-nous si bien assurés d'être toujours, nous-mêmes, pour convier tous les artistes à se dire chez eux chez nous? Pour nous payer le luxe de ce paradoxe de l'Art sans frontière? pour effacer le dernier « signe particulier » qui nous reste, celui de ne pas nous inspirer, de ne pas penser, de ne pas sentir comme les autres, — comme le voisin surtout.

Tant que nous étions à la tête, nous avions le droit d'afficher de si belles théories ; nous piquant d'être forts envers tous et contre tout, cette illusion, — si terriblement arrachée, nous laissait libres d'appeler les grands et les petits de l'étranger.

Certains de nous ressaisir à l'heure voulue, de n'être jamais entamés dans notre personnalité, nous pouvions nous offrir ce rôle de gourmet et de protecteurs désintéressés des arts et des artistes errants...

C'est d'un autre rôle qu'il s'agit aujourd'hui.

Il s'agit de nous serrer les coudes, sur notre sol ; il s'agit de nous recomposer, en masse compacte et jalouse de nos traditions, de nos forces vives !

Le moment a sonné de reprendre notre caractère, de couper nettement court à ce cosmopolitisme où s'ensevelit peu à peu notre façon française, où disparaît notre allure nationale.

A nous, les poètes qui sont à nous, à nous nos peintres, nos sculpteurs, nos musiciens !

Il faut être résolument de chez nous, rien que pour nous, car le temps est passé des générosités aveugles, des emballements, des fantaisies extra superlificoquentieuses.

Dussé-je être conspué, je suis de ceux qui n'oublient pas qu'il y a du fifre encore, dans les harmonies que nous sert M. Hans de Bulow, et qui voient du rouge sang dans les rouges de M. Menzel.

Après Iéna, et au temps où l'Allemagne écoutait Korner, — autrement que nous faisons pour mon cher Paul Deroulède, elle aurait accueilli bizarrement ceux qui dans l'amertume farouche du désastre se seraient trouvés pour affirmer que l'Art n'a pas de Patrie, pour demander qu'on applaudisse l'artiste tueur qui était en Napoléon, pour introduire dans la vie allemande, brusquement, un barbouilleur de tableaux français ou une guitare parisienne !

Nous, cependant, nous nous entêtons dans de ridicules déclamations, nous avons le patriotisme athénien, le souvenir bon enfant.

Un peu de musique pour nous bercer les nerfs

et tout est effacé, un doigt de couleur pour nous taper dans l'œil, et vive tout ce que l'on voudra !

Une unique voix s'est élevée pour protester contre cette incroyable facilité où nous sommes d'oublier et de pardonner ; c'est dans la dernière séance du conseil municipal, celle de M. Delabrousse se refusant à admettre qu'on puisse octroyer une place d'honneur à l'étranger, au nom même de cette ville qu'il assiégeait et désolait hier.

— Cette protestation ne doit pas être prise trop au sérieux, a répliqué « le préfet de la Seine », en substance, elle ne s'explique que chez M. Delabrousse « qui est Alsacien ».

Après l'éloquence de ce ministre de la guerre qui déclarait à la tribune qu'il ne faut pas rester hypnotisé devant la trouée des Vosges, il ne manquerait plus vraiment, pour donner le courage, la confiance et l'espoir que cette superbe parole de préfet !

Allons, c'est entendu, de par M. Poubelle, il n'est au monde que ces imbéciles d Alsaciens pour avoir de ces idées-là ; qu'on se le dise, il est déjà des différences entre le cœur d'un Alsacien et celui d'un Français...

Et il n'y a au fond de réellement patriotique et de poignant que la question des boîtes à ordures !

LES VAILLANTES

Ce n'est plus un mystère que les femmes versent dans la politique.

Non plus cette politique subtile des beaux jours de Mme de Longueville et de la duchesse de Chevreuse ; non plus la politique à fiers coups de lutte de la grande Mademoiselle ; non plus la politique raisonnée, grave, savante de Mme de Staël.

La politique d'aujourd'hui est d'un abord moins pénible ; elle est ouverte aux intelligences, aux intrigues, aux passions moindres.

La première venue peut y prendre place, la connaître et en jouer.

A côté des femmes qui en font un luxe, comme Mme Adam, et de celles qui en font une sanglante folie, il y a le grand nombre des « fortes têtes » qui voient dans la politique une occasion de s'affirmer.

Il n'est pas de bourgeoise qui ne tienne à placer son mot. Ah! la petite bourgeoise, elle a son opinion !

Hier, elle ne lisait que le feuilleton ; elle finit maintenant par le bulletin.

Elle sait les noms de la grande ville et les influences de la petite.

Elle discute, elle s'emporte, elle met toutes ses générosités — et tous ses nerfs dans la chose publique.

Il y a aussi le monde des châteaux de province, des castels en brique rouge.

La châtelaine a des principes qui lui sont légués. Elle ne sait au juste ce qui convient, mais elle est irréconciliable. Elle entend qu'on respecte l'autel et la morale.

Elle paye ses gros garçons de ferme, son vieil intendant, son antique serviteur, et elle fait de la politique avec eux. Elle tient aussi sous son œil le garde champêtre, et elle incite le pauvre diable à veiller sur la monarchie !

Avoir un garde champêtre dans sa manche, cela suffit à l'orgueil des nouvelles femmes politiques.

Elles ne pensent plus à s'assurer un journal, comme la belle Mme Tiphaine, que Balzac montre dans *Pierrette* au mieux avec la *Ruche* de Provins...

On tricote seulement des bas pour la « Mignonne » de Jean-Claude, on sermonne Joseph, on envoie un pichet à la chaumière et Dieu est sauvé avec le roi !

Il n'en faut plus davantage pour se poser en héroïne, pour rêver à l'ombre de Mme Roland.

On devient Tallien à cette heure à bon compte, et Récamier !

Je trouve chez un confrère cette nouvelle donnée avec indignation :

Représailles de la R. F. Mme Jules de Castelnau a comparu hier devant le tribunal correctionnel du Vigan, sous la prévention de corruption électorale.

Et, qui le croirait ? Mme veuve de Castelnau a été traduite pour avoir fait voter les siens pour la liste conservatrice. Malgré l'excellente plaidoirie de Me Casabianca, elle a été néanmoins condamnée à vingt-cinq francs d'amende. Ainsi, non contente de frapper les maires et les salariés du gouvernement, l'administration s'attaque maintenant à l'une des plus *vaillantes* femmes de notre région. C'est édifiant !...

Ah ! c'est bien aussi mon avis !

Voilà Mme de Castelnau sacrée martyre. C'est d'une simplicité grandiose.

Vingt-cinq francs d'amende, — et pouvoir se dire, à ce prix, qu'on a fait tressaillir de plaisir et de fierté le fantôme de Louis XIV, et que là-bas, à Rome, on a rendu l'espoir à Léon XIII, affligé par M. Freppel, en vérité ce n'est pas payé !

On laisse « ces vaillantes » se couvrir de gloire à bon marché.

J'ai comme une idée que si le gouvernement intervenait avec énergie, que si la loi s'armait sévèrement dès qu'il s'agit d'un attentat à la liberté du plus humble, depuis le cousin pauvre jusqu'au fournisseur et au valet qu'on tient par les gages, il y aurait quelques « vaillantes » de moins...

Et quelques femmes vraiment femmes de plus.

Pour moi, je me défie des vaillantes et ne les aime point.

J'avoue que les colères de Mme de Chabreuil dans *Georgette* m'ont soulagé un bon moment.

C'est une satisfaction pour tous ceux qui conservent un grain de sens, — et comment peuvent-ils y arriver par le temps ? — de rencontrer par hasard quelqu'un qui échappe aux sophismes, aux exagérations, aux grotesques et malsaines déclamations qui nous envahissent.

Tout doucement nous allons au néant. Il n'y a plus rien, et tout le monde se met de la démolition.

J'en tiens pour les préjugés et les partis résolument. Ils sont encore une sauvegarde. J'en tiens pour toutes celles qui ne sont pas les «vaillantes.»

Vaillantes, celles qui acceptent des compromis, qui ouvrent les rangs, qui tuent; vaillantes les déclassées, vaillantes les furieuses !

Il n'y a qu'elles.

Dès qu'une femme offre en public la démission de son sexe, elle devient vaillante.

Garder la maison, garder le nom, garder l'enfant, ah ! quelle sotte histoire !

Une femme qui se respecte, une vaillante de notre temps doit accentuer les *idées de Mme Aubray*, — elle doit chercher pour son fils une drôlesse dûment vaillante, elle doit disserter du 4 1/2 et, passant l'aiguille, soigner les blennorrhagies et faire de la politique.

Les vaillantes de la politique autrefois portaient la bannière et vaillamment pointaient le coup de feu.

A la rigueur, je conçois encore qu'on les appelle des vaillantes, les 38 sombres giletières de la Commune, les 44 culottières, les 29 gantières, les 49 matelassières !

Celles-là ont expié leur audace, leur farouche haine.

Louise Michel aussi, qui a souffert, peut passer pour une vaillante auprès de quelques-uns.

Mlle de Sombreuil était une vaillante ; l'histoire de la Révolution est pleine de vaillantes...

Mais c'est une vaillance d'une bien maigre envergure, celle qui consiste à subtiliser les voix d'une poignée de braves gens, le jour du scrutin, dans un coin de province.

Cette vaillance-là conduit à un vilain mot.

Je ne sais pas jusqu'à quel point cela peut être séduisant et glorieux pour une femme d'être convaincue par la justice de corruption électorale.

Corruption électorale ! cela dit des manœuvres, des moyens, des dessous de jeu mesquins et inavouables.

Il y a, ce semble, pour une femme vaillante d'autres ambitions à courir, d'autres honneurs, que cette promenade à la correctionnelle !

Je sais que beaucoup s'en déclareraient flattées...

Hélas, nous sommes pour vous plus difficiles !

Si un besoin de lutte, d'action vous laisse sans repos, il est aujourd'hui une belle occasion d'exercer — voire de fatiguer votre vaillance.

Au lieu de compliquer l'effort où nous sommes,
de vous jeter dans cette division qui nous frappe,
serrez les coudes ; empêchez de tout votre pouvoir que le passé s'écroule, arrêtez au seuil de
votre maison l'orgueil malfaisant, les paradoxes
mauvais, le faux sentimentalisme.

Voilà une besogne.

Faites-nous aussi des filles qui seront bêtement,
étroitement, d'honnêtes femmes...

Et à vos fils apprenez ce qu'enseignaient les
aïeules, le respect de la loi, l'immense et aveugle
passion du pays. Vaillantes seront celles qui nous
remettront dans le sang la vigueur et dans le cœur
l'enthousiasme.

Ces vaillances-là n'ont rien à voir avec la correctionnelle, Dieu merci! C'est la patrie reconnaissante qui les juge.

UNE PAILLE HUMIDE

Si vous êtes d'humeur chagrine dans votre ménage et mécontent par hasard de celle à qui vous
le confiez, plutôt que de lui adresser l'ombre d'un
reproche, laissez les choses aller et résignez-
vous !

Si vous vous sentez l'audace de prétendre que
rien ne va, confessez vos ennuis à toutes, excepté
à celle qui est votre femme ; accusez, disputez, se-
couez la belle-mère, les domestiques, les amis, les
étrangers, mais, pour Dieu, ne vous avisez plus
de traiter madame un peu vivement ; quoi qu'elle
entreprenne, madame est sacrée.

Si vous êtes malheureux, au lieu de vous élever
contre celle qu'à tort ou à raison vous jugez res-

ponsable, détournez-vous simplement, consolez-vous comme vous pourrez, avec qui vous plaira.

Si vous avez d'aventure l'impatience prompte, la fâcherie violente, la main un peu trop leste, il faut boucler la valise sur l'heure, prendre votre chapeau et votre canne, saluer avec grâce et disparaître en abandonnant net la partie, sans essayer même de la jouer.

Ainsi le veut du moins la sagesse nouvelle, voilà la leçon que font les juges qui viennent de condamner le vicomte de Trèdern à quinze jours de prison, pour avoir osé soulever une querelle à propos de ses enfants, chez lui, et s'être emporté brusquement.

Qu'un poète murmure sur un ton de douce et tendre niaiserie que la faute est le tabernacle sacré, devant lequel il faut se présenter à genoux cela se pardonne.

Ce qui déconcerte, c'est que des magistrats prennent gravement à leur compte cette suave billevesée et n'hésitent pas à jeter en son honneur sur la paille humide un honnête homme.

J'écris honnête homme, malgré tout ce que peuvent penser des emportements de ce digne gentilhomme les petites demoiselles qui massacrent sentimentalement Chopin, et qu'on a bourrées de phrases toutes faites sur l'inviolabilité de leur épiderme et sur le respect solennel qui leur est dû toujours, quoi qu'il arrive.

Je le dis librement, M. de Trèdern ne me semble pas être un homme à traiter de manant et à châtier comme un voleur à l'étalage, parce qu'il s'est permis une scène fort gentiment corsée de la vie conjugale.

Des scènes de ce genre ne sont pas neuves dans la comédie, — et l'on sait aussi bien que parfois elles n'ont pas empêché le succès : les plus retentissantes, on les a vues s'achever à la plus grande gloire de chacun.

Personne n'avait songé jamais à se préoccuper outre mesure de ces accidents : c'est même une vieille histoire que s'ils ne font pas le bonheur, ils y contribuent souvent.

On pensait que c'était un droit, un devoir, une chance d'être heureux, que de s'expliquer bien haut, voire avec des colères et des tempêtes, et qu'il fallait — puisque en tout homme il y a un charbonnier qui veut être maître chez lui — savoir imposer l'autorité nécessaire.

On estimait qu'il n'y a ni gros mal, ni grosse faute à lutter pied à pied, à ne pas rendre les armes sans un simulacre d'escarmouche, — à avoir près du bonnet notre pauvre tête si exposée.

Cela se passait en famille, et la famille n'en mourait pas pour cela.

Le coup des sévices et injures graves était bien inventé déjà, — mais au moins exigeait-on une preuve, un témoin, si toutes ces fièvres n'étaient pas tombées d'elles-mêmes devant le pot-au-feu, tournant ses yeux à point, devant le mioche jouf- flu, devant l'acajou si patriarcal dans la pénombre de la veilleuse.

Maintenant avis nous est donné qu'il faut subir ou se démettre : un mot de trop et c'est un scan- dale, un geste, et c'est un casier judiciaire. Le nez dans l'assiette, ou la main sur la porte !

Quant à parler franc, à s'indigner véhémente- ment à l'occasion ou à s'expliquer seulement comme deux bons ennemis, c'est un rêve fini.

La loi ne voit plus d'en haut ; elle veut être des menus potins et des scènes d'intérieur, elle apporte sa balance dans la cuisine.

Sans témoignages précis, sur de simples pré- somptions, elle vient d'opérer ces jours-ci. Et non pas par surprise. dans un de ces coups de hasard où elle se rapetisse si souvent : avec réflexion, bel et bien.

Elle a positivement sévi dans cette monstrueuse

affaire, — qui n'est au fond qu'un épisode banal du train-train à deux. Vingt ongles sortis à la fois, cela ne s'est jamais vu, non jamais, et la justice devait s'inquiéter. Contre un pauvre mari elle avait une œuvre capitale à accomplir !

Sans forfaire, sans danger pour la société, elle ne pouvait laisser circuler librement un pareil homme ! Oh ! n'est-ce pas qu'il est des cas où l'on ne doit pas badiner sur le code, n'est-ce pas qu'il faut être ferme et énergique à l'occasion ?

Si l'on ne faisait pas entre temps un exemple, où irait-on ? Les foudres de M. le substitut ne pouvaient dormir davantage, M. le substitut a requis, il a triomphé, et voici, en vérité, son plus beau jour de substitut.

Il est pourtant des gens que ce triomphe inquiète pour la justice.

Quoi, dans ce même quart de siècle où l'on voit l'homme en robe rouge se lever tout d'un coup, et adoucir son organe, et réclamer l'indulgence pour le crime avoué, — comme faisait M. Quesnay de Beaurepaire pour Marie Péral, on voit un substitut fonctionner avec entêtement et revendiquer au nom d'un groupe de belles choses à propos d'une chiquenaude.

Nous n'avons pas assez de tendresses, d'élo-

quence, de larmes, de roses, pour le vitriol sinistre et pour le revolver odieux, — et parce qu'un
pauvre mari a perdu le sang-froid, tout est compromis et en déroute?

Celui-ci a tué, tué, tué, — à lui le soleil.

Celui-là a touché à la vicomtesse, — à lui la cellule.

S'aperçoit-on assez de ce que la justice doit à ce
substitut? Grâce à lui apparaissent comme jamais
son immuable sérénité, sa logique lumineuse, son
imposante grandeur.

L'institution du mariage ne lui doit pas moins.

Elle avait l'air misérable, ébranlée, caduque :
ingrat celui qui ne reconnaît pas qu'il vient de la
consolider singulièrement.

Non, il n'y avait pas là suffisamment de brèches
par où peuvent fuir le bonheur et la paix : les
moyens de faciliter les causes de rupture n'étaient
pas en nombre, il fallait encore appuyer et consa-
crer chez la femme cette prétention qu'elle est
l'archange et la fournir de cette vanité nouvelle
qu'elle ne doit rien supporter.

Intraitable déjà, voici qu'on la renforce dans ses
susceptibilités ; difficile à conduire, voilà qu'on la
complète.

A la moindre observation, après une algarade

provoquée par elle en se jouant, il y aura éva-
nouissement selon les règles, puis chute sur le
parquet.

Puis enfin, au bout, les quinze bons jours de
prison pour punir l'infâme qui a l'aplomb d'avoir
une volonté à lui et de ne pas se courber en silence.

Et toute cette admirable besogne au moment où
dans les mairies, on est obligé de divorcer les dé-
mariés avec mystère, pour ne pas dégoûter, quand
elle entre, la noce joyeuse !

LES REDINGOTES

M. Henri Fouquier n'est plus candidat à la Comédie.

Il se retire pour reprendre son libre parler.

Ce libre parler a rempli déjà plusieurs colonnes du *XIXe Siècle* et fait quelques entailles bien joliment venues.

M. Jules Claretie n'en demeure pas moins sur la brèche. Même, il a certain crédit : il réussira, je crois bien, et je suis de ceux que sa réussite laissera satisfaits.

Mais il ne faudrait pas que l'on me crût capable d'appuyer ma préférence sur les raisons phantasieuses qu'un confrère inventait ces jours-ci.

M. Fouquier n'est pas assez le Nestor qu'il se

pique d'être, a-t-on dit ; il n'est pas assez détaché
des meilleures choses d'ici-bas, et sa présence dans
le Temple effaroucherait les vertus qui y séjour-
nent.

Cette étrange conception, qui n'était d'abord
qu'une boutade, est devenue, recueillie gravement
dans la presse et envenimée, une des impayables
drôleries de cet heureux temps.

Les lourdes et sottes déclamations ont succédé
au paradoxe, et, à cette heure, on proclame officiellement, devant le bourgeois qui déverse son
tabac à priser dans le mouchoir de Tartufe, devant tous les acajous réunis de France, qu'on ne
saurait plus être appelé à diriger des comédiennes
sans avoir encore en soi un reste du rosier de
Marie et de la belle âme de Joseph.

On publie qu'il importe de moraliser ce pays, et
qu'il se moralise enfin ; qu'un homme n'est digne
d'occuper une situation qu'à la condition qu'il ne
soit plus un homme, qu'il ne soit plus rien, ni
dieu, ni table, comme dit le fabuliste, — ni surtout cuvette.

En vérité, je [la trouve un peu forte, et nous
sommes en train de nous faire un fameux sort !

Ainsi, pour n'être ni merle blanc, ni éthéré, ni
saint, sans retour on serait condamné ?

C'est cesser d'être honnête homme que de rendre hommage, comme il convient aux frisons follets, aux friandises que Dorine a sur le cou, aux lèvres frissonnantes dont joue la dernière Célimène, aux ingénuités subtiles, à l'adorable petite fleur bleue de Suzel.

Le décret de Moscou, qui rappelle tant de flammes, — horreur !

Il ne serait plus être question que du décret de la Bérésina, où tout le monde s'est gelé.

L'immense et noble Sosthène, dont parle Gautier, qui mettait des feuilles de vigne aux statues, et ce puritain immortel qui défendait à ses fermières de battre le beurre et de traire les vaches, parce que cela fait venir de coupables pensées, voilà des hommes !

Ceux-là, quand ils sont pris à la peau, ils ont plus de veulerie et de lâcheté qu'aucun ; inexpérimentés, gauches, tout stupides avec ce lys blanc qui leur sert d'emblème, ils sont bouclés du coup, et on les voit choir brusquement...

Mais qu'importe ? ce sont de bonnes et saines et patriarcales natures, et les apparences, avec eux, sont sauvées.

Un Parisien, au contraire, qui sait son Paris et la vie, qui se défie et s'observe, qui est exercé

dans l'art des faiblesses et philosophe dans la pratique des plaisirs, qui ne fera pas l'ombre d'une
imprudence sans avoir derrière la tête l'idée qui
peut tout racheter — oh! celui-là passe maintenant pour l'ennemi de la morale.

Il se laissera tenter au lieu de se laisser mettre
le grappin lourdement; il parlera à une femme
comme à une simple femme, sans se monter la
tête et sans voir des exceptions partout; il s'arrê-
tera au bon moment, sans se laisser envahir par
la cristallisation qu'étudie Stendhal, — mais, c'est
convenu aujourd'hui, il est plus redoutable, plus
scandaleux et affichant que le jouisseur dissimulé
et sans prestige, le jouisseur Bourbeau, qui mor-
dra aux coquetteries de la première venue et se
fera vider comme un lapin!

Nous en sommes à ce point.

Il nous faut de l'honnêteté pour la galerie seulement.

Il y a des ramassis d'honnêtes gens.

A force d'être serrés entre ces deux exemples —
l'Angleterre qui étouffe la plainte de ses gamines
violées sous les hurlements de l'armée du Salut, et
l'Allemagne qui tue avec l'invocation du sacré
nom de Dieu, — nous tournons, nous aussi, à l'hypocrisie monstrueuse.

Il n'y a plus ici que des redingotes austères. On rencontre de longues théories de redingotes boutonnées.

Les arts et les lettres ont des redingotes assez montées.

La politique a les siennes — et ce ne sont pas les moins inoffensives. — Il faut être en redingote : l'avenir du pays l'exige ; hors d'elle pas de salut ! elle dit : ennuyez-vous et trompez-vous les uns les autres.

On ne croit pas M. Clémenceau, parce qu'il a une jaquette et un gilet blanc, été comme hiver.

Même la redingote bleue, dont Manet a gratifié M. Antonin Proust, a fait grand tort à cet homme, aussi décoratif que les arts dont se vantait sa loterie.

Soyons noirs.

L'honnêteté est là.

Eh bien, quand on m'y pincera, moi, il fera chaud, — comme on dit dans la langue peu honnête, — mais si adorablement française.

J'en tiens, à ce point de vue, pour l'ancien régime, qui ne jugeait pas avec cet aplomb les gens sur l'habit et leur moralité d'après leur coupe de drap.

J'en tiens pour le vieux jeu, qui permettait à un homme d'apprécier la brune et la

3.

blonde, au hasard du clin d'œil, sans être mis sur le gril, — et à un directeur de théâtre subventionné d'avoir un sonnet en train, une chiquenaude gentille, voire une faveur — quel gros mot, ô ciel ! — à l'adresse des subventionnées exquises qui se pourraient trouver en la maison.

Il faut des histoires de femmes ; il faut des préférences, — ma foi ! je vais être franc, il faut des passe-droit qui animent le paysage.

Je n'aime pas les séraphins, et j'ai pour moi, Pascal, dont j'ai rappelé récemment ici un mot superbe, qui est toute la critique de l'époque : qui veut faire l'ange, fait la bête.

Si l'on voulait bien se remémorer les menues fantaisies des directeurs qui se sont suivis à la Comédie, il n'y en aurait pas un, peut-être, qui serait honnête homme, à la façon d'aujourd'hui ; — et si c'est être honnête homme que d'être virginal, on peut affirmer qu'il n'y a pas d'honnêtes gens en France, à partir de l'âge de...

Demeurons donc tels que nous avons poussé. Les meilleurs encore, ce sont les pires.

Le petit vin de France, qui fait chanter, et le beau sourire d'une belle fille, qui fait rêver, cela n'a nui jamais, ni à la Poésie, ni à l'Honneur, ni à la Bataille !

LE PATRON

Avant d'être tout acclamé et tout brodé de vert M. François Coppée occupait un poste modeste au Théâtre-Français.

Il était bibliothécaire, — il ne l'est plus : il vient de donner une démission éclatante, dont l'envoi nous vaut aujourd'hui un peu de prose de M. Coquelin.

J'ai lu ce morceau épistolaire avec surprise, et, pour me servir des expressions chères au comédien, je ne puis en accepter les termes sans protester.

La lettre de M. Coppée est adressée à M. Perrin, et c'est M. Coquelin qui répond ; passe encore, nous sommes faits aussi bien à ces habitudes nou-

velles : mais ce qu'on ne saurait subir de gaieté de
cœur, c'est l'air vaguement insolent de protection,
de grandeur, de dédain, que le comédien parvenu
affiche et se permet à l'égard du poète.

Selon lui, M. Coppée doit au comité une reconnaissance éternelle, pour l'avoir accueilli aux
heures douloureuses et tristes ; il ajouterait pour
un rien que c'est l'aumône reçue, et qui engage à
perpétuité !

Non, Coppée ne devait pas oublier le service que
lui rendait la Comédie en lui octroyant trois mille
francs par an ; non, il ne devait pas s'affranchir de
cette idée, qu'il est l'obligé des gens de théâtre !

Voilà la belle théorie qu'ose risquer M. Coquelin.

Partout on considère comme un honneur d'é-
pargner le plus possible aux poètes et aux écrivains les réalités pénibles.

Louis Ulbach, Henri de Bornier, Armand Sil-
vestre, Loredan Larchey, Lacaussade, Louis Ratis-
bonne, Charles Edmond, Leconte de Lisle, cent
autres ont trouvé cette compensation d'être payés,
eux, hommes d'étude et passionnés du Livre, pour
vivre dans l'intimité même du Livre, douce et
consolante.

Cette faveur se dispense avec délicatesse. Nul

n'a songé jamais à regarder comme des subalternes trop heureux d'aller toucher à la fin du mois, en compagnie de l'huissier d'antichambre, ceux qui veulent bien la recevoir.

Il faut être le comédien pour n'avoir pas en cette matière l'opinion vulgaire.

Ah ! c'est qu'il le prend de haut avec cette misérable espèce : le poète ! Lui, il est le patron et il entend qu'on le sache, et il est dans l'enflure de ses succès, de sa fortune, de sa gloire, exquis de tact et de goût.

Si j'insiste de la sorte sur les prétentions de M. Constant Coquelin c'est que non seulement elles peuvent servir à l'histoire des Ridicules de ce temps, mais c'est qu'elles sont encore tout un avertissement.

Cette aventure apprendra peut-être aux poètes à se tenir sur la réserve, à l'avenir. Aujourd'hui, trop volontiers, on les voit se mettre à la suite d'un comédien en vue qui se les attache, les remorque, les produit vaniteusement.

Il en est qui sont aux petits soins, quêtant un regard du grand homme, à l'affût du moment où il voudra bien tolérer une lecture.

Il s'agit seulement d'être à tu avec X..., à toi avec Y... : au besoin, on partage les bénéfices de l'œuvre.

Une espèce de collage s'est établi entre l'auteur et l'interprète et ce concubinage prospère.

Le poète est libre d'accepter et d'occuper l'emploi qu'il lui plaît, il ne déchoit pas — c'est le bailleur qui grandit. Il garde toute son indépendance, il est honoré simplement comme il convient...

Mais j'avoue que pour moi, il se diminue lorsqu'il consent à ces amitiés intéressées, lorsqu'il les recherche avidement, les entretient, en fait les frais. Il prend à ce commerce des allures de boutiquier, de solliciteur — de serf.

Maintenant, tout comédien veut avoir son auteur, c'est-à-dire un très humble et très dévoué caudataire, un monsieur qui s'en va tambouriner partout la réclame et qui, ayant du talent et de l'inspiration, est trop fier de recevoir la commande d'un rôle, de faire une pièce sur mesure, de tailler à façon.

Le poète, assurément, perd de sa belle indépendance et de son prestige dans cette fréquentation assidue du comédien.

Je n'en sais pas beaucoup qui résistent à cet empire des Mascarilles devenus les maîtres et qui se font tirer les bottes. Il en est encore qui refuseraient de sauter sur les planches, mais il n'y en a plus pour s'enfermer orgueilleusement dans le

labeur accompli ; pour mépriser les moyens mesquins et lâches, pour rejeter l'honneur d'être la
clientèle.

En écrivant la lettre qu'on connaît, M. Constant
Coquelin a dû tabler sur cette vérité ; il s'est dit
que le moment était bien choisi pour s'affirmer
une bonne fois, qu'il pouvait laver le bec à cette
race soumise, qu'il dominait la situation.

Il a jugé en politicien que l'heure était propice
et qu'il fallait proclamer l'ère nouvelle.

Je me doute bien que les poètes n'en font que
rire ; qu'ils ont raison de se moquer de ce prodigieux gonflement où se produit M. Coquelin, qu'ils
revendiquent toujours le droit de demeurer, de
penser, de chanter librement...

Mais combien ils auraient plus d'assurance dans
cette protestation, d'éloquence dans ce dédain,
s'ils ne s'abandonnaient pas parfois, comme ils
font !

Il n'est qu'un remède à cet état de choses : il
faut brutalement couper court à cette familiarité,
il faut maintenir les distances, il faut cesser de
s'appeler entre soi : mon petit !

Hogu inabordable, terrible, farouche dans les
coulisses, — ce sont des privilèges qui n'appar-
tiennent qu'au génie : la foule moins olympienne

des poètes peut se montrer pourtant avec plus de
retenue, d'autorité, de fierté.

Du jour où avant d'entreprendre, le poète n'in-
voquera plus l'adhésion du comédien, l'approba-
tion de sa routine ou de son intérêt ; où il le laissera à sa glace et à son fard ; où il ne consentira
plus à des privautés, des camaraderies et des com-
plicités louches, de ce jour seulement le poète re-
deviendra grand, capable de s'imposer et à l'abri
de toutes réclamations outrageantes.

Tout ceci, d'ailleurs, n'est pas pour excuser
M. Constant Coquelin. Que parle-t-il de reconnaissance due par le poète, le comédien !

Je le soupçonne d'avoir éprouvé déjà comme une
immense joie, comme la volupté d'une colossale
revanche, quand il demandait au poète, de sa voix
claironnante :

« Monsieur Coppée, passez-moi donc ce bou-
quin ! »

Elle pouvait lui suffire, et amplement, parbleu !

Mais non ; le comédien voulant esbrouffer et parader toujours, a crié au scandale, il a eu cette inconscience rare de faire le public confident de ses se-
crètes et tyranniques vanités : à ce jeu, il se brisera.

Allons, Mascarille, vous qui savez vos auteurs,
rappelez-vous donc la légende du Titien !

BOITE A GRIME

Le critique dramatique de l'*Echo de Paris* est parmi tous d'une sincérité crâne et d'une vigoureuse conviction qui me plaisent ; M. Henri Baüer va de l'avant ; il est pour le vrai et sait admirer le beau.

L'autorité où il arrive, il la mérite par l'indépendance avec laquelle il ressent et apprécie...

C'est ce qui explique précisément l'injure dont vient de l'honorer un de ces acteurs que leur médiocrité enivre.

Jugeant la reprise de l'*Arlésienne*, M. Baüer a volontairement négligé de donner son avis sur le jeu de M. Albert Lambert fils, — et c'est de sa part ménagement pur.

Ce jeune homme a paru plusieurs fois déjà sans
ce talent qui s'impose ; il n'a ni souffle, ni ampleur,
— s'il a « la tête » jusqu'à l'exagération. Mais on
a tant promis et répondu pour lui, que la patience
est de mise et que le crédit lui est dû.

C'est parce qu'il a pensé de la sorte que notre
confrère a reçu le billet que voici :

« *Mon cher* Baüer, je vous remercie de votre
« compte-rendu sur l'interprétation de l'*Arlésienne;*
« il faut des jugements comme cela pour apprendre
« vivement aux jeunes artistes à mépriser la cri-
« tique. »

Au bas de cette impertinence s'étale le nom de
M. Albert Lambert père.

Si quelqu'un se devait de tenir un autre langage,
c'est bien celui-là !

Comédien de troisième classe, il n'a réussi à se
faire noter que grâce à cette critique justement,
qui a rendu avec obstination hommage à « sa conscience », — sans vouloir examiner, elle trop généreuse, si la conscience, chez un artiste, est
capable, en vérité, de remplacer tout ce qui
manque.

C'est la critique encore qui a permis à celui-là
de s'entourer d'une petite réputation de lettré, en
accueillant ses rimailleries et en lui consentant «le

mot aimable », quand, dans ses beaux jours
d'aplomb, il s'aventure jusqu'à débiter officiellement de ses sonnets, comme il a osé faire à Rouen
il y a peu de mois, devant Corneille !

Mais voici, parbleu, de quoi contraindre la critique à perdre toutes ses illusions : qu'elle ne
se pique plus de découvrir partout des exceptions...

Chez tous, au fond, — et j'ai quelque droit à ce
franc-parler, moi qui les ai défendus naguère contre
la rhétorique lugubre de M. Mirbeau, — chez tous
il n'y a que vanités monstrueuses et cabotinage.

Un des amis de M. Lambert, — cela sert toujours
les amis, — m'a conté hier sur le boulevard, qu'invité à contempler cette haute génération d'artistes
dans toute la simplicité de sa grandeur, il a entendu de ses oreilles ce bout de dialogue :

M. Albert Lambert père, *s'adressant au cordon
bleu qui avait l'audace de laisser flamber la côte-
lette.* — Malheureuse ! que faites-vous ? El-le
brû-le !

Et le comédien irrité avait un geste superbement
menaçant.

M. Lambert fils. — O mon père !

Le Cordon bleu, *mélodramatique lui aussi par
contagion.* — O monsieur !

ALBERT LAMBERT père, *dissipant du geste les colères olympiennes qui plissent son front.* — C'est
vrai, ciel ! je me suis oublié, qu'on me pardonne !

. Quoique je n'ai nulle goût pour les menues histoires qui se débitent joyeusement, je risque celle-
là, parce qu'elle est typique, parce que tout est
bien là, en effet : c'est une observation.

Ils restent comédiens quand même, partout,
toujours : c'est le fard de Nessus. Le masque demeure collé au visage ; ils vivent des phrases ap-
prises, ils jouent à perpétuité.

. Pourvu qu'ils paraissent et manifestent, c'est la
gloire, — et c'est le métier.

Hier, malgré la défense faite, malgré le testament authentique, M. Constant Coquelin apporte
son éloquence aux obsèques de Régnier — qui la
redoutait : le mort n'avait pas pris assez de précau-
tions encore il n'avait pu prévoir le coup de l'é-
pître en interdisant le discours.

Aujourd'hui, c'est M. Lambert qui se montre, et
comme si aujourd'hui ne suffisait pas déjà, — ce
soir même, à l'heure où j'écris, dans la salle des
Capucines, un conférencier célèbre les mérites, les
grâces, les vertus du comédien qui cabotine jusque
dans les lettres.

Si de pareilles prétentions peuvent se produire

impunément, la faute en est tout juste à la critique qui les appuie sans barguigner. Le moindre éphèbe, elle le couvre d'importance ; pour lui il n'y a pas assez de trompettes dans les rédactions ; nous nous vantons en ce quart de siècle de ne conserver d'illusions sur rien : il n'y en a plus que sur le comédien.

Allons, qu'il soit entendu une bonne fois que c'est l'espèce ingrate, incapable de sincérité, féroce dès qu'on cesse de lui présenter l'encensoir.

Le progrès date du jour où, au lieu de traiter en masse l'acteur de cher maître et de souverain, on ne croira pas commettre une irrévérance prodigieuse en criant à propos : « Ohé Lambert ! » La critique ne reverra ses droits respectés que du moment où elle reprendra son contrôle sans camaraderies faciles ni tutoiements compromettants, ni concessions de coulisses.

Mais elle est loin d'un pareil effort.

Autrefois elle réservait l'honneur d'être tiré du rang à ceux qui portent l'interprétation d'une œuvre, qui combattent, qui se distinguent, et le choisissait dans le tas obscur, librement, et savait peser le mérite.

Maintenant, l'habitude est prise d'avoir une épi-

thète au moins en réserve pour le plus infime
comparse ; savoir apporter un plateau sans le
laisser choir, cela devient aussitôt une grande entente de la scène ; ouvrir la bouche et se faire comprendre à peu près par le premier rang des
fauteuils, cela passe sans difficulté pour de la
diction.

On prend « la distribution », et à la queue leu
leu on se croit obligé de faire défiler louangeuse-
ment tout ce petit monde saugrenu, depuis l'étoile
jusqu'au talentueux personnage qui imite, derrière un portant, l'aboiement des chiens, — ce qui
a été le premier et le seul vraiment considérable
succès de Mossieu Samary de la Comédie-Française, jusqu'à l'homme qui « fait les vagues » en
suant avec génie !

Si par malheur le critique s'est permis d'oublier
un de ces héros sublimes, ou s'il s'est renfermé
dans un de ces silences charitables que l'amour-
propre du comédien hypnotisé par la contem-
plation de son nombril ne saurait ni concevoir ni
accepter, — le critique devient le dernier des im-
posteurs, et de par le monde la gent dont il s'agit
ne saurait trouver assez de mépris à lui jeter.

Voilà où nous en sommes, exactement.

Il n'y a qu'un moyen de réprimer toutes ces

hardiesses, de ramener le comédien au respect du public et de ses juges : c'est de rompre net ces familiarités dont il s'autorise pour exiger ces promesses, ces compromissions nées des soupers de centième...

Je ne songe pas sans effroi aux amitiés qui ont dû se nouer autour de certains fromages de Camembert demeurés célèbres, que par miracle M. Hilarion Ballande a offert jadis à ses invités « de la presse et du monde des théâtres » après les *Nuits du Boulevard* de M. Pierre Zaccone.

Pour moi, je suis de ceux qui se refusent à suivre le comédien dès qu'il veut prendre des poses hors des planches.

On ne sert utilement l'art qu'on aime, qu'en applaudissant avec ses seules impressions d'artiste, qu'en soutenant tout ce qui cherche et travaille, — qu'en lançant par-dessus bord tout le fretin grimé !

ÈVE PARFUMÉE

Encore une ignorance délicieuse qui s'en va !

Hier tandis qu'on murmurait d'une femme qu'elle a l'*odor di femina*, c'était charmant.

Cela disait une vague et troublante attirance, une poésie qui nous enveloppe sans qu'on devine comment, une ivresse qui vous saisit, indéfinissable et mystérieuse.

L'*odor di femina* avait le bonheur d'échapper à toute analyse : elle s'exhalait — en gardant son secret.

Après des mois — mettons des années, pour les phénomènes, — quand tout dans la femme s'était révélé, livré, trahi, une chose demeurait ténébreuse, insaisissable, entière : son parfum, le parfum qu'elle dégage, subtil et affolant.

D'où venait-il ? Qu'était-il, au juste ?

A l'âme de quelle fleur l'avait-elle emprunté ; à quel ciel, à quel enfer ?

On l'ignorait, on s'en laissait étourdir, enivrer, mourir — et cela suffisait, et c'était l'exquise volupté.

Aujourd'hui, la science a fait son enquête là aussi : elle s'attaque à cette dernière illusion de l'amour, elle la prend de force.

Un homme, assez peu homme, assez ingrat, assez barbare s'est trouvé pour étudier de près ce pouvoir grisant, pour traiter comme un X vulgaire ce problème dont l'obscurité était le charme même.

Grâce au docteur Galopin, un brave et solide traité sur les « Parfums de la Femme », maintenant « régit la matière. »

On sait la chimie de ces damnantes effluves dont était fait l'ascendant de Mme Marneff, d'Esther ou de la Delphine du père Goriot.

Elles n'auraient plus de secret à cette heure, les « glandes sébacées » de Sapho, de Laure, d'Elvire, de la Fornaria.....

La physiologie se charge de nous décomposer le je ne sais quoi olfactif des grandes aimées et elle se démonte comme une pièce anatomique, l'Ève parfumée !

Le docteur Galopin a noté avec précision les principales variétés de l'espèce : Les unes sont à l'ambre gris, les autres au musc, celles-là à la violette.

Et cette classification se complique d'une série de notes choisies ; le progrès redoutable s'aggrave.

Non seulement c'en est fait de la flottante et mystique séduction du parfum des femmes, mais ce parfum déchoit encore, sous l'observation du savant, jusqu'à devenir un signe fatal, une marque de la destinée, — comme un pouce crochu ou un crâne en pain de sucre.

Demain, les bohémiennes, les tireuses de cartes, les somnambules s'empareront de lui — qui restait le dernier bien de cet amour qu'on a déjà tant disséqué, — et elles renifleront l'avenir.

Il demeure acquis, à présent, qu'une femme toute à l'ambre gris est assurée contre nos caprices et fantaisies ; l'ambre gris nous fixe et nous cloue à l'objet invinciblement ; j'imagine que ni Don Juan, ni Lovelace, ni Richelieu n'en ont rencontré jamais...

Et voilà comment on résout les plus terribles questions de l'histoire.

Le musc... ah ! non, je n'ose pas m'expliquer.

Horrible! horrible ! horrible ! (Shakespeare ou Bergerat.)

Une peau qui embaume naturellement le musc, c'est une peau qu'il faut fuir. Ici, pas de tendresse, pas de larmes, pas d'éternels regrets : Héloïse, ni Virginie, ni Juliette, n'étaient de ce sachet-là.

Le musc est essentiellement idoine à gaudrioles; il dit les passions tapageuses et la « recherche du scandale. »

C'est le trottoir, le buisson d'écrevisses, le divorce, Messaline, Mme Bovary, la vie très bécarre dont on ne se refait qu'avec le beafteack, la sobriété des caravanes et l'eau de Pougues.

Les peaux blanches indiquent l'amour des contrastes ; — quant à celles qui sentent l'ébène...

Mme Adelina Patti, dont on n'entend plus parler ici qu'à propos d'affaires d'argent, et qui ne semble plus être à Paris qu'un rossignol — à ouvrir les coffres-forts, doit odorer l'ébène entre toutes, elle qui a sauté du marquis au ténor.

C'est la violette qui a les honneurs de ce catalogue... Oh ! quand vous rencontrerez l'amoureuse imprégnée de violette, parfumée comme un coin de petit bois, sur ses mains, sur ses joues, sur ses lèvres, — gardez-la !

Elle est le rêve, la perfection, elle est sans pareille.

Dans son odeur légère se résument la chasteté, la fidélité, la douceur.

Il y a bien là un brin de coquetterie, mais c'est, ô miracle! pour l'unique amant ou pour le mari.

Ces expériences sur l'Ève parfumée, ces déductions profondes peuvent convenir à un curieux blasé ; elles sont pour la plus grande gloire de l'existence *à rebours* d'un des Esseintes, malade du besoin de raffiner sur tout.

Mais ceux qui ont besoin d'ignorer pour aimer, et ceux-là ont encore la meilleure part, rejettent cette mise en alambic, cet étiquetage de la chose la plus fugitive et intime qui leur soit donnée.

Ils trouvent que c'est là comme une lumière maladroitement apportée, quand le clair obscur est si bon !

Il comprend l'âme de Baudelaire voyageant à travers les parfums, à la recherche d'une félicité — et non pas d'une formule ; mais que nous veut ici la cornue de Balthazar Claës?

Comme si l'on n'en savait pas trop déjà sur la femme !

La Faculté en a pris possession. M. Charcot la fait manœuvrer comme une poupée mauvaise.

L'ardente et divine Cythère de nos anciens est

4.

peuplée maintenant de pharmaciens et de spécia-
listes.

Nous déshabillons pour la clinique celle qu'on
chantait naguère. Rien ne reste intact de ses sourires ou de ses larmes : il y a toujours quelque
félure ou quelque tache au fond ; elle est obstiné-
ment l'enfant malade, — et trois cent soixante-
cinq fois impure...

Et voici venir le docteur Galopin..... Tant pis !

Amour se meurt le pauvre compagnon !

Les parfums comptaient dans sa puissance. Pris
à l'arsenal fameux de la Gourdan, ou sur le caraco
d'Adèle, pris sur le corsage de Marguerite, sur la
paysanne de Millet ou sur la Parisienne, — mais
sans nom, sans histoire, sans autre signification
que ce frisson qu'ils excitent et le désir qu'ils allument, ils étaient une tentation...

Ils ne sont plus qu'un avertissement.....

Adieu les belles folies et l'extase où l'on oublie...

Maintenant les prévisions qui glacent, les soup-
çons, les craintes mesquines et les calculs vont se
déchaîner misérablement dans cette heure bienheureuse où, avant M. Galopin, cela ne fleurait
que les pommes !

L'ÉCOLE DES CHOURINEURS

C'est une habitude chère au parquet d'aujour-
d'hui de sévir contre les auteurs qui « osent » —
sous prétexte qu'il faut sauvegarder la vertu de
Bébé.

Un livre qui pourrait laisser croire à ce cher
petit ange que l'espèce des chous à enfants est
perdue est une chose répréhensible et qu'il importe de supprimer. On doit épargner à Bébé, à
cet objet précieux de la bourgeoisie, les descrip-
tions trop engageantes et les histoires qui le con-
seilleraient à mal...

C'est, paraît-il, le rôle de l'État de protéger ce
chérubin contre la tentation — et contre lui-
même.

En revanche, toute une foule existe, dont on n'a cure; on peut l'empoisonner à son aise, on peut lui mettre sous les yeux les pires ignominies sans que la justice s'en daigne inquiéter.

Chaque matin, cinquante feuilletons apportent aux pauvres bougres l'enthousiaste récit d'un vol admirablement truqué ou d'un assassinat merveilleux d'audace et d'originalité — et on permet à cette industrie de s'exercer, de se répandre où il lui plaît!

Elle est autrement néfaste, elle se soucie bien de vous attaquer à l'épiderme seulement! Au lieu de ramollis inoffensifs, ce sont des criminels qu'elle fait — et nul dans cette besogne ne songe à l'arrêter.

Comme pièce à conviction, au cours d'un de ces procès littéraires inventés bellement au nom des mœurs et de la morale, je ne crois pas qu'on ait réussi à produire jamais un monsieur du public prêt à se déclarer outragé et corrompu par tel roman poursuivi; une victime authentique et avérée d'un « mauvais livre », c'est encore un fruit rare.

Par contre, elles sont trop palpables et célèbres, les victimes du feuilleton, de cette machine moderne où l'assassinat, et le viol, et le pillage des coffres-forts sont exposés et théorifiés avec amour, où l'on ouvre des horizons nouveaux sur l'art de dévaliser et de dépecer avec grâce et sécurité.

Hier précisément on découvrait que cet honnête Barbier, condamné à mort par les jurés, a déniché au rez-de-chaussée de son journal tous les ressorts et la mise en scène de son meurtre : et à cette heure je ne serais pas surpris d'apprendre que le meurtrier de M. Barrême n'a pas inventé le coup du wagon : il a du chic et de l'imprévu, il est d'un délicieux montépinisme.

De tout temps, certes, il y a eu des gens pour vivre sur la gazette des tribunaux, comme d'autres sur un champ de blé, s'engraisser du fait divers, tripoter avec le crime et tenir un habituel commerce de prose avec Mazas, la Roquette, le bagne et la Morgue. Mais, au début, cette littérature était au moins l'école de la police.

Des vocations de fins limiers sont nées de la lecture de Gaboriau.

En dévorant les magnifiques exploits de M. Lecoq, il en est qui sont nés soudain pour le filage et ont jeté un regard inspiré vers la rue de Jérusalem.

Cette fortune de pourvoir la police, pour un

écrivain, n'est peut-être pas de celles qu'on jalouse, mais enfin, c'est là toujours l'école de la Justice poursuivant le crime.

Maintenant cette littérature n'est plus que l'école des chourineurs.

Elle enseigne comment on peut en faire une bien bonne à la loi ; elle va fouiller le sinistre génie des monstres ; elle commente les classiques du meurtre et met à la portée de tous l'histoire, la stratégie, la pratique des plus belles horribles actions de ce temps.

Elle a formé des élèves hors ligne : Lemaire, Knobloch, Abadie, Menesclou, tous les assassins blagueurs, romantiques, échevelés, sont les prodiges de cette institution.

Il faut se souvenir aussi de la réponse de ce petit de treize ans, jugé pour avoir perforé du couteau le poumon de l'homme chez lequel il travaillait.

— D'où vous est venue la pensée de cet homicide ? lui disait le président.

— On sait lire et j'ai lu ; mon histoire est dans le livre ; j'ai appris qu'on ne risque rien à mon âge, vous ne pouvez que m'envoyer dans une maison de correction jusqu'à vingt et un ans. Ah ! mais !...

Tout y est, tout, dans ces manuels du parfait

chourineur, depuis sa culpabilité jusqu'à sa défense, depuis des idées jusqu'à la connaissance de ses droits.

Les uns, faibles et morbides, se laissent éblouir par cette gloire du vice et du crime contés avec tant de complaisance et de pompe.

Les autres récoltent là de quoi perfectionner leur instinct et le raffiner.

M. Adolphe Belot, expliquant la fuite de son secrétaire à un confrère, dit en propres termes : « Il a certainement appris son métier de voleur en écrivant sous ma dictée ; c'est dans la première partie de mon dernier roman qu'il a trouvé les éléments de sa nouvelle industrie et les rubriques pour détourner la police. Je lui parlais souvent des trucs employés par les escarpes et les assassins ; il a profité des recherches nombreuses auxquelles je me suis livré pour bien connaître et peindre sur le vif les mœurs de tout ce vilain monde ; car de lui-même il était trop bête pour rien inventer ou imaginer la moindre ruse. »

Cet aveu, je le savoure, je le reçois religieusement : il est de prix.

Ce n'est que dans le Midi, au pays de Numa Roumestan, que « ça vous vient » en écoutant chanter le rossignol !

Ici, — le feuilleton suffit.

Lorsque, dans *Crime et Châtiment* — ce livre de toutes les mâles hardiesses qui nous arrive d'une terre esclave, Dostoïeski étudie l'âme et le corps de Raskolnikoff sur le point d'assommer la vieille usurière, Dostoïesky dresse un épouvantail; c'est une terrifiante descente dans la psychologie...

Nous, nous n'avons que des feuilletonistes qu[i] sont comme les Barnums du crime.

Ils le mijotent et le fleurissent. Qui en veut? Votre choix! Et la clientèle s'augmente chaque jour.

Aussi bien, la curiosité du sang est partout. En ce moment Paris est heureux, il est enfin tombé sur un bon crime.

On lui avait promis hier de bien douces joies avec le pendeur de M. Maton, et il a été déçu : ce vendredi, nous jouissons de l'affaire Barrême, et c'est une grande distraction.

Un cadavre trouvé sur la voie, apporté dans une salle d'auberge et gardé la nuit par un gendarme, c'est l'idéal. Et ces yeux couverts d'un bandeau, et cette main gantée dans la mort! Il y a là de quoi tourner les cervelles.

Les imaginations passent un excellent quart d'heure, et voilà en vérité un beau spectacle que

celui de cette ville entière — et quelle ville ! —
oubliant ses soucis et ses affaires pour deviser sur
ce massacre.

Ce sont les crimophiles des lettres qui ont ainsi
mis Paris en goût : en haut, on s'occupe avec ces
abominations ; en bas, on les retient et elles restent un exemple.

Eh bien, on demande que la justice consente à
s'enquérir de ces productions, puisqu'elle met son
nez auguste dans les livres.

Il semble qu'elle ait mieux à faire que d'atteindre
un auteur coupable seulement d'avoir écrit une
page qui, ô miracle, risquerait d'inspirer M. Denis.

Nous pardonnerions à son excès de zèle si elle
acceptait dès à présent de mettre un terme à cette
instruction criminelle libéralement distribuée aux
misérables qui souffrent et qui envient.

Si vous punissez l'écrivain convaincu d'avoir
trop invité à l'amour, personne ne saurait trouver
illogique que vous châtiiez celui qui invite au crime.
Je le dis ; ce serait une œuvre nécessaire que d'en-
rayer cette propagande pour le meurtre...

Mais allez donc y penser à cette époque où l'on
autorise M. Lisbonne, où l'on permet à un caba-
retier et à ses garçons déguisés en forçats — de
parodier le châtiment !

TROIS FRANCS

Je connaissais — et j'aimais déjà la légende des petits cinq sous qui suffisaient à monter son ménage. Aujourd'hui, les prix ont haussé désespérément, et on ne s'imagine pas tout ce qu'on peut entreprendre avec trois francs.

Trois francs! il y a là le « déjeuner de Paris »; il y a le dernier livre paru; il y a, pour les rôdeurs chiches, le dernier sourire arrivé et étalé dans la boutique obscure; il y a là aussi, ô merveille! de quoi donner à ses contemporains ébahis une jolie leçon de vie parisienne.

Qui l'eût dit, qui l'eût cru! pour trois francs dépensés à point, hier, à la vente Sarah Bernhardt, un original, qui est peut-être un philosophe, vient de donner au monde cette leçon-là.....

Il y a eu, pour ses trente gros sous, tout ce qui a fait le succès et la gloire étrange de l'artiste, tout ce qui a compté plus que son talent dans la frénésie des badauds, — il a eu le squelette !

Oui, il a emporté chez lui, pour cette ridicule fraction de « rouillarde », le monstre fameux qui faisait rêver les collégiens et jetait l'effroi dans l'âme des bourgeoises. S'il avait insisté un peu, on lui aurait laissé, par-dessus marché, toute la collection des têtes de mort artistiques.

Maintenant, elle est finie la comédie des cercueils capitonnés de peluche noire, des tibias où Mlle Abbéma accrochait ses aquarelles, des bonshommes lugubres rien qu'en os.

Sarah Bernhardt a mené Paris avec ses fantaisies macabres, elle a détruit cent estomacs de journalistes qu'elle faisait poser à l'heure du dîner avant de les admettre à contempler sa chapelle fantastique, elle a régné sur le bon peuple de Paris avec ces balivernes, — et en fin de compte, cela vaut trois francs !

Et encore, ô dona Sol, c'est trop de deux, Mèdème, comme dit M. Maubant.

Dénouement lamentable — et juste. Si je relève ce détail, ce n'est ni pour affliger ni pour condamner cette grande artiste qui s'agite dans l'épreuve...

Mais il prend une valeur singulière en ce temps
où Mme Fidès Devriès se fait applaudir à l'Opéra
parce que M. Besson raconte qu'elle n'a jamais eu
d'enfants, où Mme Judic fait précéder son entrée
au Palais-Royal des bruits de son hôtel prin-
cier, où chacun s'en va affirmer que Léa d'Asco
avait du talent parce qu'elle exhibe des sau-
vages, où Mlle Lina Munte exploite des fatalités au
Kohle.

D'un côté, Sarah Bernhardt, qui a inauguré ce
système, est aux prises avec les douloureuses
réalités, — et j'en sais plus d'un qui, brûlant l'I-
dole affolée, déclare sentencieusement que la
catastrophe, — que l'expiation est méritée; et de
l'autre, l'adorable public que nous sommes, s'en
va excuser, exalter, encourager chez les autres ce
qu'il blâme chez l'Ancienne.

C'est pitié que de voir l'intérêt grandir sans
cesse autour des perruques de Mlle X.-Y., de
ses petits chiens frisés et des créances qu'elle
agglomère.

Nous éprouvons comme la sensation d'une
revanche en apprenant que Sarah, qui nous a
étourdis et conquis par ses fantaisies nerveuses et
ses poses beaudelairesques, se liquide par trois
francs : et tout aussitôt, anxieusement, nous

demandons des nouvelles de ses imitatrices, de la petite bonne et du râtelier d'en face !

L'actrice n'existe que par les infiniment petits ; on se désintéresse de celle qui sait dire et sentir ; — on n'exige d'elle que l'envers. Belle aubaine, succès retentissant, vogue à outrance, quand elle a consenti à faire au reporter éperdu quelque confidence de caboline ou de vivandière amoureuse.

Demain Mme Émilie Ambre publie les *Mémoires d'une Diva* ; elle contera sans doute son voyage en Hollande avec Mme de Voisins ; elle rapportera qu'elle aurait été presque assommée, certain soir, à La Haye, si deux officiers de la garde n'avaient reconnu en elle la comtesse d'Amboise, — ainsi que le constate un bien curieux document judiciaire d'il y a quatre ans ; il n'en faudra pas davantage.

J'entends déjà les cris de Paris :

Pourquoi une cantatrice de ce talent-là n'est-elle pas engagée ?

A quoi pense Carvalho, qui trouverait en elle la Mignon idéale ?

De quelles basses économies sont préoccupés Ritt et Gailhard ?

En cet état de choses, le théâtre est interdit à la

femme qui travaille et ambitionne en conscience
un triomphe loyal, sans alliage.

Gravement on assure que M¹¹ᵉ Léonide Leblanc
est toute préoccupée de se refaire une virginité de
comédienne, qu'elle pioche ferme dans l'ombre et
le mystère, qu'elle veut aborder l'Odéon sérieusement et paraître dans *Henriette Maréchal* après des
mois de labeur authentique...

Ah! comme on s'intéresserait à ce renouveau,
à cet effort, à cette longue patience qu'on annonce,
s'il ne s'agissait pas ici de l'héroïne des dentelles
de Chantilly, de la vague belle blonde aux épaules
que Tout-Paris lorgna, de l'actrice fière de voisiner parfois, toute flirtante, avec Sarcey, qui ne
sait où déposer son embonpoint, de l'auteur
éminent de certaine préface aux *Femmes de
Théâtre*, de M. Lemonnier, qui firent leur bruit
jadis !

C'est à ces carrières-là que court la faveur du
public.

Il demeure indifférent quand l'objet qui débute,
qu'on lui propose, pour lequel on le sollicite n'a
pas derrière lui une somme suffisante d'aventures
et de potins. Il faut avoir brûlé la mèche aux
deux bouts, pour risquer de réussir un peu.

Tout-Paris a souri, — c'est-à-dire qu'il s'est

tordu, méchamment, quand a annoncé ces jours-ci le mariage d'un premier prix de l'an dernier, actuellement à l'Odéon, avec une gentille petite élève du Conservatoire.

— Que voulez-vous que devienne ce couple-là sur les planches, s'est écrié le pschutteux idiot, il n'a pas d'histoire!

N'avoir pas d'histoire. A cette condition, on est heureux, — les peuples en sont l'exemple célèbre, mais on n'arrive pas, mais on ne compte ni pour Paris ni pour Pont-à-Mousson : les trois francs donnés pour le squelette viennent démontrer à point que parfois cela peut nuire pourtant d'en avoir trop.

Oui, on a enlevé le macchabée illustre de Sarah Bernhardt pour trois francs!

C'est un avertissement à l'adresse de toutes celles qui expédient des communiqués au Courrier de Prével et font des trous à l'alcôve Guilloutet.

Assez d'indiscrétions et de funambules dans les coulisses : toute la défroque, — c'est trois francs.

En bourgeois que je me vante d'être, je comprends parfaitement et j'apprécie l'actrice qui veut retenir quelque chose au moins d'elle-même.

Le comédien se range, il a pour des sommes imposantes du ventre sur le Grand-Livre; j'admets et souhaite que la comédienne, elle aussi, puisse s'affranchir de ces curiosités dégradantes, de ces folies obligatoires.

Voilà ce qui reste de ces belles équipées, de ces surexcitations grandioses, de ces hallucinations et de ces fièvres retentissantes : cela finit presque au crochet : trois francs, il y a preneur !

Une chose seule est vraie : c'est l'étude entêtée, c'est la passion énergique, c'est le respect de son art.

Je ne suis pas de ceux qui proclament le courage, l'honnêteté, la dignité impossibles au théâtre : pourquoi ne dirait-on pas aussi, elle joua *Phèdre* et fila de la laine !

L'IDÉE D'UN SUICIDÉ

Le préfet de la Seine vient de recevoir un papier d'une espèce assez rare.

C'est un testament qui lui met 180,000 francs dans la main, à charge pour lui de payer un enterrement religieux de seconde classe au testateur, de lui assurer des obsèques bien fournies et de se répandre en œuvres de bienfaisance.

L'original qui a trouvé cette idée pour sortir de la vie un peu proprement a nom Bégis.

Si j'inscris ce nom, c'est qu'il vaut d'être retenu comme celui d'un philosophe qui a su apprécier les hommes à leur valeur et donner au dédain dont il les enveloppait une couleur de philanthropie d'un bien joli aspect.

Bégis s'est pendu à une tringle ; mais il n'a pas voulu de la triste destinée des cadavres de suicidés : il prétend qu'en échange de son argent, la Ville lui rassemble un imposant cortège d'invités, et il accorde — c'est écrit — deux francs par tête à tous ceux qui se réuniront à la maison mortuaire.

La préfecture a lancé aujourd'hui trois mille invitations, — et c'est peut-être là le plus beau jour de M. le préfet, qui se trouve ainsi mettre à la mode, après la boîte, — le cercueil Poubelle.

Il y a dans cette dernière pensée du suicidé une ironie qui n'est pas pour me déplaire.

Il savait, le malheureux, quelle est la fin des éprouvés, quelle solitude enveloppe leur navrante carcasse ; il se voyait sinistrement faire sa route vers le repos, dans l'indifférence de tous, accompagné seulement par les cris des chiens, que le père Bazouge, le tricorne de côté et le nez ardent, fouette au passage du haut de son siège...

Et il a jugé que deux francs par tête suffiraient pour s'en aller décemment, pour avoir quelques clients, des amis et de la tristesse à son enterrement.

On verra demain que ce n'est pas estimer trop peu les larmes et les mélancolies dont nous sommes capables.

Ils se rencontreront par milliers les gens qui seront ravis d'être affligés moyennant deux francs et qui pour ce prix donneront une douleur très acceptable.

Pour ces deux francs, pour avoir songé à acheter un peu de foule recueillie, Bégis sera mieux servi, lui l'obscur d'hier, le pauvre être, que les plus vaillants, les plus utiles à la patrie, les plus grands.

Pour un Hugo auquel on fait des obsèques qui ont stupéfié le monde, il y a mille talents, mille vertus, mille courages qui s'en vont dans le lamentable mépris : maintenant Bégis est venu et c'est l'âge d'or des cadavres.

Il a innové le suicidé, et grâce à son trait d'amer génie, les manifestations les plus imposantes attendent la dépouille du voleur qui aura su épargner assez pour payer deux mille abattements, cent visages éplorés et trois évanouissements.

Qui n'a pas deux francs à dépenser pour s'assurer cette grande pompe de douleurs ?

L'idée de M. Bégis ouvre un horizon immense et précieusement nouveau aux décadences où nous sommes ; elle est bien de l'époque et elle dépeint une époque.

Si Shylock n'achète plus de chair, il demeure capable de vendre du désespoir et des pleurs.

Aussi bien, tout s'achète, — le veau d'or a fait un joli chemin, et au soleil même.

Jusqu'ici on n'achetait des larmes qu'en broderies ; elles étaient grosses, il est vrai, et passaient par l'Église, qui touche tant pour cent sur chacune d'elles ; aujourd'hui ce sont des larmes en belle eau salée, de vraies et qui coulent !

Il n'y avait que l'argent pour nous faire revenir de la sorte à des siècles en arrière.

Pour lui et par lui nous revoici, avec quelques bassesses et pas mal de turpitudes en plus, au temps où la pleureuse louée courait hululer près des cendres. Pour lui et par lui, toutes les barbaries refleurissent.

Il y aura demain la petite Bourse aux regrets éternels.

Avec les deux francs de Bégis tout est dans l'ordre, tout est en règle, il y a de la glande lacrymale pour tous, tous auront un convoi de choix.

Et que de choses changées si Bégis avait eu plus tôt cette inspiration lugubrement et férocement lumineuse !

Janin a lancé autrefois cette boutade :

— Mon cher Claretie, dit-il, vous débutez, vous êtes jeune ; si vous voulez un jour avoir un bel enterrement, soyez indulgent et aimable.

Et Claretie a confessé récemment qu'un bel enterrement n'est pas pour lui être désagréable. Maintenant les Janin de l'avenir diront aux Claretie dans l'œuf : Un bel enterrement ? Recette : Mon cher ami, ne donnez pas trop souvent à la petite bonne ; que votre pourboire aux cochers ne dépasse jamais 25 centimes ; ne laissez qu'un sou sur le plateau en prenant votre bock. Il ne s'agit pas d'être juste, laborieux et probe dans son travail, — ce ne sont là que peccadilles ; toute votre impartialité, votre œuvre, votre caractère feront moins pour vous que la pièce de 2 francs que vous aurez économisée par piles. Dix mille personnes derrière vos restes, est-ce assez, mon ami ? Oui, vous vous en contentez ? Fort bien, — c'est 20,000 francs.

Avec la combinaison Bégis, les héritiers des Bégis futurs pourront parodier ce mot du souper des funérailles de Georges Moynet : Mon oncle Rodolphe est mort, quelle noce, mes amis, on a bu trente-six litres.

Ils diront : Quelle fête, que de grincements de dents ! Nous en savons quelque chose, c'est nous qui les avons payés !

C'est le progrès. Demain on distribuera les crêpes, et puis les mouchoirs.

Une larme d'ouvrier vaudra deux francs ; une larme de propriétaire cinq ; une larme d'huissier cent.

Et alors, du jour où il sera bien posé qu'à Paris on trouve de tout pour de l'argent, même de la douleur, le sage qui respecte encore l'espèce humaine demandera d'être enterré vite, vite, vite, et de s'en aller seul, seul, seul. Il voudra dormir n'importe où ; il rêvera d'affranchir ses débris des manifestations intéressées et des regrets de commande...

Et peut-être, au fond, est-ce là, la sereine et courageuse vérité !

SAINTE FLANELLE

Une des joyeusetés de ce temps, c'est que plus il y a de malades, plus la pharmacie se plaint.

Et ceci n'est point pour le plaisir d'un paradoxe.

La pharmacie, que je respecte, a de hautes visées sur les contemporains, elle entend avoir l'exclusif avantage d'être préposée à leurs moelles ; jalousement elle veut présider à toutes les faiblesses de l'heure, aux énervements qui sévissent.

Jamais elle n'a eu si imposante et si copieuse matière ; jamais ses clercs n'ont rencontré d'aussi plantureuses tentations...

Et pourtant la pharmacie s'insurge, et elle plaide, et elle désespère !

Oui, M. le pharmacien Homais, le bon type de

Madame Bovary, passe de bien mauvaises nuits ;
M. Homais a une chère maîtresse qui le trompe
maintenant, qui partage avec d'autres ce qu'on
est convenu d'appeler ses faveurs.

Et le doux nom de cette douce personne est
Maladie.

La maladie n'est plus cette mégère monstrueuse
que montrait dans la préface de sa *Philosophie
mondaine*, Xavier Aubryet ; elle ne vit plus aban-
donnée, et claustrée et lamentable... elle est devenue
très fringante, très pschutt, très boulevardière.

On la voit partout où le chic s'étale, et partout
elle est comme chez elle. Elle va au théâtre, au
Bois, à l'auberge...

Et pour conquérir une Parisienne aussi répandue
chacun se met en frais.

M. Homais ne voit autour de lui que rivaux em-
pressés ; c'est à qui disputera la belle à son vieux
cœur qui soupire.

En vain murmure-t-il les exquises tendresses
du Codex ; en vain, quand il le faut, hardi et preux
comme don Gomès de Sylva, jure-t-il d'exter-
miner les infâmes : chaque jour, avec les nouveaux progrès de la belle, se dressent des préten-
dants nouveaux.

La *Chronique des Tribunaux* raconte le procès

bien piquant intenté par « la Société de Prévoyance de pharmacie » à des industriels qui se sont permis de vendre un matin de la flanelle trempée d'huile de pin.

— Votre flanelle, c'est de la concurrence déloyale, la flanelle est un médicament! s'écrie M. Homais, qui proteste.

Malgré le beau parler qu'on lui connaît depuis Flaubert, les juges ont donné tort à M. Homais...

Non, la flanelle n'a rien de commun avec la pharmacie, elle n'a pas à figurer dans la complainte célèbre de Serpette, elle n'est pas sous la dépendance de la sonnette de nuit.

La flanelle, bel et bien, s'accommode de la santé : lorsqu'on dit d'un homme qu'il a fait flanelle, cela ne veut pas signifier précisément qu'il est moribond; la flanelle, c'est un objet de couverture, un luxe, une mode.

Hélas, voilà des conclusions aussi justes que navrantes.

Elles constatent le piteux état où nous sommes; éloquemment, elles montrent la misère, la faiblesse, la laideur de nos dessous, elles affirment le caractère de ce dernier quarteron de siècle.

Il y a quelque trente ans, au temps de Fanfan

Benoiton, c'est à la « sainte Mousseline » qu'allaient les prières et les monologues; ce cri désespéré : ô sainte Mousseline! jaillissait de l'âme, Sardou plaçait en lui les sentiments purs et élevés.

Nous jouissons, nous, aujourd'hui, de la sainte Flanelle.

Sainte Flanelle! cela évoque ce que nous avons de meilleur. O sainte Flanelle! la prendre à témoin maintenant, c'est évoquer aussitôt la famille, l'amour et la beauté. Naguère, assurer de quelqu'un qu'il en était à la flanelle, cela valait tout un portrait.

On voyait, comme par miracle, à l'instant, le vieux petit employé courbaturé par un demi-siècle d'écritures et de cartonnerie; le vieux général; le vieux beau, frictionné à l'opodeldoch; la vieille douairière s'arrêtant au milieu de son whist pour allonger sous la table, avec précaution, ses jambes douloureuses.

Il y avait dans ce mot de flanelle, lancé gravement, de la pitié et du respect; il y avait aussi de l'ironie et du ridicule.

Le casque à mèche a donné à rire à plus d'une génération; le gilet de flanelle a compté de même dans les joyeusetés d'autrefois.

Il figurait à merveille le grotesque du courant d'air, le poltron qui n'osait pas suer de tous ses pores, l'adonis effarouché pour sa pelure, les ganaches et les quinteux.

Il avait pour accessoires la tabatière en argent et le grand mouchoir à carreaux, tout rouge.

Il a été la providence de la charge et de la caricature...

Labiche lui dôit de ses plus irrésistibles inspirations : le gilet de flanelle est à lui seul une des gaietés folles du *Chapeau de paille d'Italie...*

Il était, par excellence, hilariant et tordant. A cette heure, il est sérieux comme un fonctionnaire.

Il est de tous les épidermes, il est dans l'ordinaire. On le traite en familier indispensable.

Il est le soutien et la sécurité des mères, des maris et des amants.

Du haut en bas, il n'y a plus que flanelle sur la peau.

Il semble qu'elle se soit perdue à jamais, la vigoureuse et saine habitude des muscles au vent, des poussées au plein air : dès l'enfance, sainte Flanelle vous enveloppe, vous fagote, vous dorlote.

Les bébés sont bien encore comme les bijoux de

Cornélie : mais dans du coton, mollement cou-
chés, comme aux devantures du Palais-Royal !

La flanelle, c'est le comble de l'amour maternel.
Elle représente les éducations attentives, les douces
inquiétudes, les soins jaloux.

Jadis, on jetait les pauvres chétifs dans l'Eu-
rotas ; à présent, tous également, les gras et les
malingres, les roses et les tristes, on les jette dans
la flanelle, oh sainte ! Le cœur, on ne le sent plus
battre sous l'habit : il bat sous la flanelle.

Tout Paris est dans la flanelle. A la mer, à la
campagne, il l'arbore même comme un complet
pschutt.

Il ne se contente pas de l'avoir discrète : sous les
soleils d'août, il s'en revêt de pied en cap. N'était
le bleuet ou la rose qu'il se pique à la boutonnière,
il aurait l'air d'un immense et prodigieux ballot de
la rue du Sentier, — un ballot qui marche.

Ces blocs enfarinés ne disent rien qui vaille.

De nos jours, Roméo est molletonné ; quand l'a-
louette a chanté, avant de redescendre du balcon
il s'assure que ni son gilet ni sa ceinture de flanelle n'ont bougé. Autrefois, ce n'était là pas même
un cadet souci.

Personne ne verrait les amoureux de Balzac
bardés d'ouate, ni de Marsay, ni Lucien de Rubem-

pré ; on ne voit pas davantage, entourés de bande-
lettes de laine, — voire de soie, les admirables
passionnés que Barbey d'Aurevilly montre aux
prises avec les *Diaboliques*, ni le vicomte de Bras-
sard, ni le comte Serlon de Savigny !

Ses héros aussi, criblés de blessures effroyables,
tant ils ont de souffrances et de plaies, demeurent
debout, fiers et dédaigneux de ces emmaillotte-
ments, — comme ce farouche et tragique abbé de la
Croix-Jugan, de l'*Ensorcelée*.

Nos passionnés, à nous, se parfument subtile-
ment à l'huile de pin, et quand, sous les fièvres
du baiser, impatiente, éperdue, Mme Bovary cherche
l'âme de son amant, elle ne s'étonne plus quand
elle trouve d'aventure, et d'abord, la finette toute
tiède sous ses lèvres !

Dans cet étrange affaissement, dans cette débili-
tation qui menace, ce paradoxe se justifie une fois
de plus que ce sont les vieux qui sont les jeunes.

Les jeunes dont nous sommes ornés, dès le premier pas, regardent loin dans l'avenir.

Quand ils ont passé une nuit blanche, ils dor-
ment vingt-quatre heures ; quand ils ont perdu
cent louis, ils rognent sur les pourboires ; quand
ils ont avalé une truffe de trop, ils installent le
soir, à portée, la bonne fiole de Pullna.

Ces jeunes vont tout de suite « aux préservatifs. »

Avant d'avoir rien connu, goûté, osé, ils prétendent se mettre à l'abri.

Au lieu de se former à l'expérience et à l'épreuve, rarement et bellement, comme faisaient les anciens, ils se ratatinent dans leurs vingt ans et y jouent aux birbes.

Leurs charmantes et généreuses et printanières pensées roulent sur la liqueur Davyle, sur le quinquina, qu'on sert à présent dans les cafés du boulevard, sur la Revalescière et sur l'iode.

Et c'est sainte Flanelle qui les protège.

Sainte Flanelle, oui cela résume tout.

Ce culte définit un temps.

Nous lui devons la race qui s'efémine, les forces qui s'évaporent, et lamentablement, pour peu que la blague ne s'en mêle, il n'y aura bientôt plus que veuleries, douilletteries et confiseries sous la calotte du ciel de France... O sainte Flanelle! ne pouvais-tu te contenter de la Levrette en paletot!

L'ACADÉMICIEN D'ÉTAMPES

M. Darcel a vécu sa vie entière dans l'étude grave.

Retiré, là-bas, aux Gobelins qu'il dirige, dans ce quartier où c'est la province, avec des rues encore éclairées à l'huile, dans la paix pénétrante du labeur, il n'a jamais eu d'autre souci, d'autre espérance que le savoir.

Les plus exigeants se plaisent à voir en lui l'érudit au goût sûr, le modeste et le sincère.

Il a consacré son existence, tout du long, à cette recherche obstinée et admirablement minutieuse des passés évanouis ; il est par excellence « des inscriptions et belles-lettres », il est — ne fût-ce que par métier — celui qui sait...

Et c'est à celui-là précisément qu'un auteur dramatique, que sa fantaisie a poussé un jour vers Byzance et qui, au hasard, s'improvise vieux de la vieille dans les pots cassés, vient dire :

— Pardonnez-moi, cher monsieur, vous n'y voyez goutte!

Et c'est avec des airs haut perchés, avec des façons tranchantes d'autorité, que M. Victorien Sardou prononce de la sorte. On demande à rire.

J'imagine que si *Théodora* avait été une bonne pièce, un drame acclamé, on ne verrait pas M. Sardou cramponné si rageusement à l'exactitude pittoresque des détails; il se moquerait, et des premiers, de sainte Sophie, du fricot, de cette vaisselle, de ces vitraux, et il aurait la vérité avec lui...

Mais *Théodora* s'épuise dans l'ennui, et il n'y a, pour excuser cette chute, qu'une passion découverte sur le tard pour l'archéologie; va donc pour Poitrinas! C'est toute la morale de cette querelle où M. Sardou rappelle ensemble, à lui seul, et Trissotin et Vadius.

Quoi qu'il puisse tenter, cependant, il ne saurait vaincre, dans cette petite guerre de pattes de mouches. Il a contre lui cet adversaire redoutable : le bon sens.

Le bon sens vulgaire, qui préférera toujours aux pédantismes de l'érudit d'occasion, du compilateur par nécessité, du dilettante qui a parlé plafond avec M. Clairin, chez Sarah Bernhardt, antiquités avec M. Gérôme ou avec le serrurier de Marly, l'affirmation du savant par état, qui a tout au moins, pour répondre de ses conclusions, l'expérience et la patience longue.

Il faudrait pour que le gros public, — avec qui je suis, — pût accepter sans raillerie l'étrange prétention de M. Sardou que M Sardou étalât son savoir dans la *Gazette des beaux-arts*, qui demande des titres valables à ses collaborateurs, et que M. Darcel écrivit dans le *Figaro*.

On éprouve à juste titre quelque défiance pour ce bagage scientifique qui est tout d'actualité; il y a là-dessous du dictionnaire spécial, cela sent sa fraîche teinture.

Si au lendemain de la *Faute de l'abbé Mouret*, un docte évêque s'était avancé pour affirmer que Zola n'entend rien à la théologie, qui ne lui aurait pas donné raison contre Zola qui, en la circonstance, avait compulsé et trié pourtant les merveilles de la liturgie?

La moindre femme de chambre, fidèle à son poste depuis des années, peut en connaître plus sur le monde que M. Émile Richebourg quand il se risque à la mise en scène des duchesses.

D'ailleurs, côté du théâtre, que nous importe cette ambition saugrenue de n'omettre pas un point sur l'*i* ?

C'est une vanité dont je fais bon marché.

Installé dans son fauteuil, payant pour être ému ou amusé, où est le spectateur pour s'intéresser à cette résurrection, pour la comprendre, pour la contrôler ?

Nous sommes incapables de juger pour peu qu'il s'agisse seulement du cadre, des décors, des accessoires d'une action qui se déroule dans un autre temps que le nôtre !

On distingue confusément le meuble et le costume Louis XIII, le Louis XV et le Louis XVI, mais encore est-ce l'élite : qui saurait établir les modes multiples contenues dans ces époques ?

Tout dernièrement encore, on jouait à la Comédie-Française le *Misanthrope* en manteaux courts, tandis qu'à l'Odéon on continue à le jouer en habits carrés : personne que je sache ne s'est trouvé pour jeter le cri d'une conscience archéologique indignée.

A plus forte raison lorsqu'on met en question Athènes, Rome et Byzance.

Comme l'a indiqué M. Becq de Fouquière dans un livre récent, avec le temps on ne s'attache qu'aux caractères généraux, et les différences les plus considérables s'atténuent.

Le service de table de Théodora, le triclinium de la maison d'Andréas, les verrières enchassées ou non dans du plomb, l'impératrice mangeant avec sa fourchette ou avec ses doigts, en vérité peu nous chault !

Je donnerais tout ce clinquant que M. Sardou exploite avec tam-tam pour une belle scène vraie dans le sentiment et dans les sensations.

C'est dire que je préfère à cette colossale machine qui détraque le mauvais génie du bric-à-brac, le premier lambeau de dialogue de la *Parisienne*.

Byzance véritable ? Hé ! que nous importe Byzance et qu'irons-nous démêler, apprécier, applaudir dans cet effort stérile, nous qui avons oublié même le Paris d'il y a cent ans, nous qui demeurons ridiculement stupides dès qu'il s'agit d'un autre quart de siècle que le nôtre !

C'est une volupté et un chic qu'on peut s'offrir à peu de frais que d'étourdir le public avec ces recherches pharamineuses ; il n'y va pas voir, le malheureux !

Mais c'est aussi pour lui une petite revanche, lorsqu'un érudit en qui l'on a droit d'avoir confiance, vient relever le tour qu'on lui joue et découvre sous l'Académicien de Richelieu le joyeux académicien d'Etampes !

Hugo nous a fait des Espagnes de fantaisie, et personne ne songe à le lui reprocher — car dans ces erreurs de choses il y a la vérité de la nature.

M Sardou, lui, se pique d'être vrai de pied en cap — et cela fait songer qu'il a pris ses notes avec les trop célèbres crayons.

Pour moi, je serai toujours du côté de ceux qui ne s'embarrassent pas d'aller quérir la vérité aussi loin, dans l'inaccessible.

Surveiller et marquer notre temps, tel qu'il est, semble un ouvrage assez rude déjà pour qu'un esprit comme celui de Sardou y puisse trouver quelque orgueil et quelque honneur.

La tâche est noble, haute, périlleuse : et c'est pourquoi, précisément, je serai toujours avec ceux qui l'accomplissent de préférence.

Avec ceux qui ne désertent pas les difficultés du présent, que chacun est à même de juger et de peser, pour se tailler de faciles glorioles dans le passé.

THEMIS EMBALLÉE

Mme Clovis Hugues est sortie le front haut de
l'audience ; elle a repris maintenant sa place de
mère entre la petite Marianne et la petite Mireille.

On l'a glorifiée en plein Palais pour avoir tué
la Calomnie ; les plus indifférents ont compati à
cette douleur affolante, le long martyre subi a racheté et lavé tout.

La poignante journée d'assises qui vient de
s'écouler a été une victoire pour Paris entier ; il
a amené la justice à sentir et à penser comme lui ;
l'irrésistible courant de pitié et de sympathie
qu'il a créé a envahi même le tribunal, — et j'applaudirais vigoureusement à son triomphe, si Pa-

ris, en ce moment même, ne reniait pas déjà ses idées nouvelles, ses belles générosités, ses enthousiasmes.

Il a été pris aux nerfs, — et voici que la fièvre tombe.

Ce qu'il exaltait hier chez Mme Clovis Hugues, chez d'autres il le proclame odieux aujourd'hui. Brusquement, rien ne saurait plus atténuer une tentative d'assassinat, ni l'épreuve, ni l'outrage, ni un passé tout au devoir.

Hé, ne va-t-on pas sévir, bientôt? il faut un exemple, il faut maintenir les lois, qu'attend-on pour châtier avec éclat les frères Ballerich, ces meurtriers qui veulent venger leur mère assassinée ?

Ceux-là n'ont personne pour eux ; pas une discussion en leur honneur, pas un frisson de petite bourgeoise.

Ils ne portent pas à la peau de Paris, ils ne valent pas qu'on se fende d'une émotion; ce sont de piètres sires, des criminels vulgaires, pris dans le mille.

Ils ont pourtant toujours marché droit, eux aussi ; obscurément dévoués, ils ont accompli leur tâche, exposé leur vie, veillé sur tous.

Si on voulait, d'aventure, s'inquiéter de leurs

souffrances et en faire la somme, je crois que le compte aurait bien aussi son éloquence.

Les gredins sans excuse — c'est idiot — ont tout simplement trouvé leur mère assassinée ! Il n'y a rien là que de très naturel, n'est-ce pas, il n'y a pas de quoi perdre la tête et voir rouge ?

Comme tortures morales, c'est insuffisant.

Se jeter à la poursuite des coupables, fouiller dans l'ordure des bouges, ne se reposer jamais dans cette angoissante recherche, douter de tout le monde, se sentir soudain, quand on est bon et paisible, le cœur gonflé de haines et la tête vacillante, non en vérité ce n'est pas assez et on n'a pas droit à la pitié.

Après des semaines longues, persécutés par des souvenirs horribles, pleurant toujours la pauvre vieille qui était morte, les frères Ballerich découvrent le criminel et le livrent...

Leur œuvre était finie, l'apaisement devait venir — et c'est alors que paraît l'article abominable que l'on sait trop.

Le public, hier tout à sa révolte, contre les cartes postales et les lettres anonymes, magnifique d'indignation en songeant quelles calomnies peuvent passer sous l'œil du concierge ébaubi, déclare à cette heure que cette monstrueuse histoire

étalée dans un journal criée aux quatre vents est
une inoffensive plaisanterie, que le véritable mérite ne s'attarde pas à ces billevesées et que sa
conscience, tranquille et pure, doit suffire à l'honnête homme !

Voilà Paris !

D'un côté, il trouve légitime, grandiose, hé-
roïque la vengeance d'une femme à qui tous ren-
daient hommage, et qui pouvait se consoler
avec cette estime rare, sur un hère misérable et
méprisé...

De l'autre, il hurle au scandale et il invoque le
Code, quand deux fils, frappés déjà par un deuil
tragique, s'élancent l'épée au poing dans les bureaux fortifiés d'un journal qui, pour les besoins
de son succès, les accuse de jouer la comédie, et
de manœuvrer, dans leur douleur même, avec la
police, contre une promesse d'avancement ?

Dans cette lamentable confusion, puisque nous
sommes incapables de juger de même deux jours
de suite ; puisque l'opinion, qui prétend forcer la
main à la justice, ne sait en réalité ce qu'elle veut
et s'en va tournoyer au hasard — il est plus sûr
que la Loi demeure la Loi.

Chacun se pique de reviser, d'améliorer, de suivre le progrès des idées ; chacun a sa théorie, son

petit chêne en carton sous lequel il rend la justice à sa façon, — qui est naturellement la seule bonne : et c'est le gâchis.

Je rêve, moi aussi, d'une Justice qui ferait la part large à la vie, aux circonstances, au tempérament, à l'hérédité ; la théorie d'Émile de Girardin sur le droit de punir n'est pas pour m'effrayer ; j'accepte que la transformation incessante des races appelle celle des institutions...

Mais tout moderne qu'on soit et épris de réformes retentissantes, on en arrive, dans le néant du présent, à considérer le passé avec un peu moins de dédain.

Les plus superbes déclamations, les épithètes pompeuses, les sophismes adroits et le mieux habillés de neuf ne peuvent rien contre ce bout de phrase, très ancien et très prudhommesque : Un crime est un crime.

Pour conquérir une réforme, pour obtenir cette grave remise en œuvre de nos lois, il faudrait commencer par ne pas se déjuger.

Tandis que nous sommes la girouette, que nous distribuons nos bienveillances et nos faveurs sentimentales sans savoir pourquoi au juste, et comment, — la loi, l'immuable, grandit.

Elle gagne tout à ces caprices et à ces fluctua-

tions ; elle apparaît encore comme la sauvegarde
et comme la protectrice, elle l'Antique, en ce temps
effréné où nous tourbillonnons !

Le seul résultat acquis, le voici : il n'y a plus ni
respect ni crainte de la Justice.

Le crime se commet à la grâce de Dieu, au petit
bonheur.

On se préoccupe uniquement d'avoir un bon
public et une bonne presse.

Ici, c'est le droit de grâce dont bénéficient les
plus hideux ; là, c'est le vitriol et le revolver auxquels on laisse la victoire dernière.

Sous prétexte de nous civiliser, et dans l'ambition stupide où nous sommes de montrer toujours
le chemin aux autres, c'est à la sauvagerie que
nous tournons. Nos emballements sont ineptes et
nos générosités sentent la décomposition.

C'était encore le beau temps, et je le dis, celui
où l'on pouvait compter que le criminel serait
pendu haut et court, où la justice était la justice,
tout bêtement.

Maintenant, il n'y a plus rien ; c'est la déroute,
c'est le chaos.

Passionnément, nous déclarons que la dame de
Tonnerre a bien fait de tirer sur un pauvre monsieur coupable seulement de l'avoir trouvée belle

et désirable, — et en même temps nous demandons volontiers les travaux forcés pour les frères
Ballerich, coupables, eux, d'avoir ressenti jusqu'à l'égarement une douleur atroce et un affront
indigne! Salomon et saint Louis peuvent se fé-
liciter joliment de n'avoir pas fréquenté chez le
bourgeois actuel de Paris : ce gros personnage les
aurait rendus fous.

LE MILLION VAINCU

En un tour de pouce, le Million a créé des rois, des princes, et, ce qui vaut mieux, des heureux ; on l'a vu capable de prêter une manière de beauté aux plus laides, de la considération aux indignes et du respect aux vils.

Il donne de la vertu et de l'honneur, — il donne tout, en ce temps où pour définir ce qu'on appelait autrefois une « âme charitable et tendre » on n'a rien trouvé que ce mot trop caractéristique : c'est un cœur d'or.

Jusqu'à cette heure, cependant, on n'avait pas sollicité du Million un brevet irrésistible de savoir, un témoignage d'études hautes, graves et pures ; il n'était venu à l'esprit de personne de se présenter avec de seuls titres de rente au choix d'une compagnie illustre.

M. de Nucingen se contentait de la gloire
énorme de ses chiffres...

Moins avisé, voici que parce qu'il achète des
tableaux magnifiquement, entretient un conser-
vateur à ses frais, lance sur toutes les capitales
un petit Du Sommerard chargé de lui découvrir
et de lui assurer les chefs-d'œuvre errants, —
voici que le baron Alphonse de Rothschild se gonfle de beaux-arts tout d'un coup, et prétend à
l'Académie.

A ce Million dont il relève, il demande d'accomplir encore un miracle, — de le transformer
magiquement en érudit, de le faire préférer à
ces laborieux obscurs, qui n'ont connu jamais que
la richesse de l'Idée, qui n'entendent rien aux
inscriptions sur le Grand-Livre et aux belles-
lettres de change.

Et M. de Rothschild demeure persuadé que le
Million saura lui payer cette fantaisie nouvelle,
puisqu'à la séance dernière, on annonçait officiellement qu'il maintenait sa candidature — malgré les chuchotements qu'elle entraîne, malgré
l'opinion où s'entête tout un bon coin de Paris,
que de la part de cet archimillionnaire, le silence, en cette occasion, eût été seul vraiment
d'or.

Savoir s'écrier à point, devant un tableau :
Comme cette figure s'enlève adorablement ! « Vanter les valeurs si curieusement observées ; épiloguer sur le glacis et le frottis ; déclarer que le peintre possède une entente rare du plein air ; jurer ses grands maîtres que ce détail est traité avec un art consommé et ajouter, dans un ravissement : C'est fait avec rien ! » exécuter des variations d'épithètes sur le coloris, le trait et la pâte, — c'est plus qu'il n'en faut à certains critiques d'art.

La critique courante peut s'exercer avec ce jargon ; avec lui, elle a ses entrées aux ateliers, elle prélève son impôt d'amitié sur les esquisses çà et là, elle est puissante, redoutée, suppliée.

Grâce à cet argot, on est rapidement l'amateur éclairé ; on se faufile dans la confiance du rapin et dans l'admiration du bourgeois qui, lui, ne rêve que d'une galerie de chromos.

Mais peut-être la connaissance de cette langue spéciale, — qui devient la langue des dieux au jour du vernissage — ne suffit-elle pas pour constituer un académicien des beaux-arts.

Avoir appris à glisser au moment psychologique son mot sur les chairs de Rubens, sur les

vierges de Raphaël, sur l'alliance bizarre du pa-
ganisme et des accessoires chrétiens, qui se rencontre dans les fresques de Michel-Ange ou sur la
vigueur des ombres de Rembrandt, — cela peut
compter pour une éducation bien menée, mais non
pour le bagage d'un de ces élus appelés à voisiner
avec l'Immortalité.

Ce qu'il faut pour cette Académie que brigue
M. de Rothschild, c'est l'artiste par excellence
doublé d'un indomptable travailleur ; celui qui a
derrière l'honneur qu'il reçoit un œuvre personnel
et résistant ; c'est un homme qui dans les arts soit
de qualité : le célèbre millionnaire dont il re-
tourne, — n'est qu'un homme de quantité !

En ce temps, l'art est trop frotté déjà par l'argent.

Il se débite comme sur le marché. Il y a une
cote de la couleur.

Mercantile, objet de consommation et de mode,
épris de la boutique, confectionnant sur mesure
et frappé d'impôt, il est déchu de cette simplicité,
de cette indépendance, de ce désintéressement
qui le plaçaient en dehors et plus haut, inaccessible aux entreprises et aux ambitions de la
foule.

Maintenant, à qui s'en vient poches pleines, il

fait *Risette,* — ou *les millions de l'atelier.* Il se laisse
séduire, pourvu qu'on y aille de la forte commande, pour n'importe quelle besogne ; il se laisse
envahir par l'amateur, par les gens qui se piquent
d'employer intelligemment leurs loisirs, par Mé-
cène et par Shylock-Expert.

L'entrée de M. de Rothschild à l'Académie sem-
blerait la solennelle consécration de cette décadence.

Ce haut fonctionnaire du Million, sur toutes les
coutures étincelant et louisdorisé, introduit dans
le temple même, y représenterait cruellement la
tyrannie de cet argent sous laquelle l'art plie et se
diminue.

Accueillir M. de Rothschild, ce serait crier partout et établir qu'aux artistes il ne reste plus de
refuge, plus de consolation, plus de privilège ,
que le Million est à lui seul le talent ; qu'il résume
égale, remplace toutes les inspirations et tous les
génies.

S'il s'agissait, pour ce financier souverain, de
l'Académie française, j'aurais garde de produire
tant de scrupules.

Elle a pris l'habitude de n'être pas trop regar-
dante ; doucement, parfois, elle s'ouvre à des
passants quelconques et, sans inconvénient, con-

vie aux honneurs de son vieux sein des gens qui n'ont de l'écriture que tout juste.

Elle fait aujourd'hui profession d'être le seul salon où l'on puisse causer encore, et de recevoir des personnalités de tous les mondes ; celle du baron de Rothschild n'y seraient pas déplacée : elle a on ne peut plus de prix.

Je verrais là le baron sans inquiétude ; c'est un Parisien capable d'étonner, avec un peu d'esprit, M. Legouvé, d'apprendre au duc d'Audiffret-Pasquier que le mot académie se contente modestement d'un c, et de confondre Mgr Perrault avec la sacrée éloquence des chiffres !

Il est loisible à qui le désire d'appartenir à la coupole illustrée par M. de Champagny : à l'Académie des beaux-arts, il n'en va pas ainsi.

Celle-là n'est pas encore tombée dans la banalité exquise des conversations ; les hommes qui la composent comptent presque tous activement ; l'apparence ni la parade ne sont chez eux au premier plan ; et c'est pourquoi j'espère qu'elle écartera noblement M. de Rothschild.

Elle n'aura qu'à rester fidèle à ses traditions pour démontrer, une fois encore au moins, et contre les lâches croyances qui règnent, qu'en toutes circonstances imaginables, l'argent ne fait pas l'honneur.

Sa parole ne sera pas perdue, son exemple inutile, si elle vient rappeler enfin au Million qu'on n'achète pas du talent et du savoir comme on achète une charge d'agent de change ou une pelletée de pralines ; qu'une chose nous demeure, bien à nous inviolable, insaisissable, loin de la puissance de cet immense suçoir : la pensée fière.

C'est le devoir de la grande probité artistique de l'Académie, de son souci du Beau, de son activité féconde, de sa force d'âme, de nous offrir ne fût-ce que pour un jour, ce spectacle consolant : le Million vaincu (1) !

(1) Depuis que cette chronique a été écrite, M. A. de Rothschild est entré à l'Académie.

HAULTE GRESSE

L'embonpoint, c'est exquis : mais la
boursouflure c'est de l'indiscrétion.

LOUIS BESSON.

Oui, ce grave aphorisme est de Louis Besson.

Je le trouve dans l'*Événement* et le cueille aussitôt.

Il m'a conquis sur l'heure, quand je l'ai découvert, modestement caché dans un compte-rendu de *Lakmé*.

Mon cher Besson, vous avez fait là une véritable déclaration de principes.

Aussi bien, le temps était venu, et il vous appartenait, à vous, d'établir cet indispensable *distinguo*, à vous qui portez si fièrement, avec une si tranquille dignité, la gloire d'avoir quelque chose de plus que la peau sur les os.

La question que vous soulevez, mon cher Pau-
serose, — ce nom vous sied comme un bouquet
de fleurs et constitue toute une affriolante enseigne, — a, du reste, inquiété déjà l'un de vos
collaborateurs.

Il y a peu, M. Mirliton dédiait un fort joli
petit air à ceux de ses contemporains qui sont
dans le gras, et Mirliton leur était tendre, et il
avait sorti pour l'occasion ses plus fines gentil-
lesses.

Dans cette galerie choisie, mon nom figurait en
belle place...

Je suis donc classé, j'ai mon nom dans l'histoire
des nombrils extrasuperlificoquentieux, et, par-
tant, le droit peut-être de parler au nom de la
bonne corporation de haulte gresse.

En conséquence, mon cher Louis, je vous présente toutes mes félicitations pour la courageuse
parole que vous avez laissé tomber.

Daignez les accepter.

Il faut, en effet, la conscience qu'on accomplit
un devoir pour oser faire ce que vous avez fait.

Renier les boursouflés, les exécuter, les expul-
ser sans pitié de notre sacro-saint parti, s'est s'exposer à des représailles terribles ; vous vous êtes
préparé là un fort respectable lot d'ennemis et des

jaloux en nombre imposant; mais cette élimina-
tion était nécessaire, réclamée depuis des siècles
par la vérité et par la science.

Que les boursouflés forment un groupe, qu'ils
s'arrangent en syndicat, qu'ils manifestent à leur
façon:

Ils n'ont rien de commun avec les gens honnêtement gras, sur l'embonpoint desquels c'est la
santé même qui vient briller et s'épanouir.

Jusqu'à nos jours, jusqu'à ce jour fortuné et ré-
parateur, où vous avez parlé comme un sage, une
confusion lamentable régnait.

On ne savait pas faire avec délicatesse la différence entre l'infortuné qui s'enfle et l'amateur qui
se capitonne heureusement.

Entre les deux il est pourtant un abîme. Abîme
profond.

Je sais bien qu'également l'un et l'autre jouis-
sent d'une réputation fâcheuse. Ils ne passent pas
précisément pour inspirer une confiance aveugle à
Célimène, à Mme Bovary, à Rosine, à Sapho et aux
mille et une petites Vénus qui sévissent, depuis la
Vénus de Milo jusqu'à la Vénus d'Arles.

Ces nobles créatures ont une comparaison toute
prête pour écraser à la fois l'homme gros et le
gros homme : elles font les doux yeux au coq de

préférence, au coq qui se dresse tout sec, sec, sec, sur ses ergots, au maigre coq qui chante clair.

Oui, c'est une suspicion que partagent les boursouflés et les embonpointés.

En vain, affirmerez-vous, — je ne vous tutoie pas ici, mon cher Besson, pour donner plus de majesté à cette thèse, — que vous vous appelez Louis : un nom magique, plein d'argentifères promesses, devant qui cèdent, par miracle, les plus rigides.

En vain irai-je arguer, moi, de ce classique prénom d'Alexandre dont je suis orné et qui évoque une si fabuleuse histoire de nœud gordien...

Nous, les gros, — et les gros en masse, — nous avons une renommée peu engageante. Avouons, ami.

Mais quoique l'homme gros et le gros homme, de compagnie soient englobés dans ce méchant renom, ils ne se ressemblent pas pour le connaisseur, et il importe de marquer cette dissemblance.

L'homme gros toujours en lui porte un point malade. Il y a du surnaturel dans son développement.

Il va aux eaux. Il sue. Il s'observe. Il n'aime pas l'Italie; même il exècre Garibaldi qui rime au macaroni farineux.

Soissons lui fait horreur ; Parmentier est son cauchemar.

Il n'a pas une seconde d'abandon : c'est un faux-frère. Dans la poche de son gilet il a un mètre : il se mesure, et il ne peut voir une balance sans se hisser sur la plate-forme. Les employés des gares le connaissent : il rôde autour de la bascule à bagage, et quand il n'y a personne pour l'observer, il se précipite.

En son rire on découvre un râle : quand il cligne des yeux, c'est que son œil se noie dans des replis de chair épaisse. Il se défie de lui-même et se tapote les joues devant les glaces, pour leur redonner, en passant, par un vague message, de cette noble fermeté qui en impose.

Marche-t-il ? C'est la tête penchée, tristement, sur l'obstacle qui lui cache ses jambes. Son ventre, voilà l'ennemi.

Le ventre est au contraire l'ami cher, le compagnon bien traité du gros homme. Le gros homme vit, il a la notion de son importance ; il mange avec sincérité, avec aplomb. Il n'est point de cette couleur jaunâtre, cireuse, morne : il est en rubis. Il a du Rubens dans sa prestance.

Il est gai ; il sait que c'est à la nature même qu'il doit le luxe de son dehors. Il conserve ses lignes. Il porte son abdomen non pas comme une surcharge, un fardeau, mais comme un sacrement.

Le conte gaulois le fait s'esclaffer sans peur ni reproche ; — il ne suit d'autre régime, — que son bon plaisir.

Son esprit aussi est tout autre. C'est-à-dire que lui seul en a : la boursouflure vous met des kilos dans le cervelet.

Et il est bon : signe caractéristique. Jamais un gros homme n'arrachera l'aile d'une mouche. tandis que l'homme gros a des jalousies, des dépits, des rages qui le rendent d'une odieuse et lâche cruauté.

Soyons gros homme.

J'appuierais bien cette démonstration de quelques noms. Mais la chose est délicate, d'abord, difficile ensuite. Pour citer des noms, — des preuves, il faut être à Paris, — car à Paris seulement le dictionnaire Larousse fleurit. Le Larousse n'est pas précisément dans le commerce d'Aix-les-Bains.

On n'y connaît pas cette providence.

Mais à quoi bon ? Les personnalités doivent disparaître ici devant la question de principe. Victoire! Un grand point est éclairci.

Louis Besson *fecit*, et c'est l'essentiel.

Il y a deux ans, dans ce vaste salon de Frohs-dorff où l'on voit la pantoufle de Marie-Antoinette et le panache blanc d'Henri IV, qui était noir, nous avions l'honneur d'être réuni devant le comte de Chambord, qui était gros : Cornély gros, Besson gros, et votre serviteur gros.

Nous ne soupçonnions pas alors la gloire qui était réservée à Louis Besson.

Nous nous contentions, non sans orgueil, d'être gros en commun. Que les temps sont changés.

Besson, à cette heure, s'est révélé comme le bon génie, comme le petit manteau bleu des gros hommes.

Il a formulé à l'improviste une théorie qui nous venge, qui nous retire de la foule obscure des obèses, — c'est un maître.

Et j'ajouterais, si je ne craignais d'être ingrat, — déjà : C. Q. F. D.

SUR L'OLYMPE

Que les wagnériens dont nous jouissons se rassurent! L'Opéra-Comique doit à cette heure être autorisé à leur donner du dieu Wagner.

La question *Lohengrin* a cessé d'être.

Plus personne ne se lèvera, sans doute, pour protester contre l'exhibition de cette œuvre immensément allemande.

Nous avons perdu le droit d'être susceptibles et jaloux à ce point : on peut bien jouer des Allemands en France, puisque des Français vont jouer en Allemagne !

M. Saint-Saëns est parti pour Berlin, il s'est fait entendre, — et les Berlinois, surpris de ce spectacle d'un Parisien quémandant leurs applaudissements, l'ont sifflé.

Instruit de l'événement, l'empereur aurait dit à un de ses officiers :

— Savez-vous ce qui me paraît inexplicable dans cette affaire? C'est que, si cet homme déteste tout ce qui est allemand, il vienne chercher de l'argent et du succès ; mais je comprends encore moins comment la direction de ces concerts a pu avoir le manque de tact de l'engager : en France, quelque chose de pareil ne se serait pas produit...

M. Saint-Saëns me condamne à approuver.

Malgré toute mon amitié, malgré l'admiration aussi qui m'attache à lui, je dirai la stupéfaction douloureuse que je ressens.

Je sais bien que pour ridiculiser le patriotisme de ceux d'ici qui ne veulent pas qu'on s'en aille là-bas, il y a l'aventure de cette petite divette qui, en route pour la Russie, nous a fait assavoir qu'elle n'avait pas même voulu acheter un sandwich au buffet de Berlin...

Mais, n'importe, à tout risque j'avoue le malaise où je suis à la pensée de ce Français qui sollicite le bravo de Berlin.

Cela est pourtant ! il y en a un qui a choisi son plus bel habit noir et qui s'est déplacé pour charmer et enchanter ces gens dont nous avons senti la botte.

C'est étrange que l'on puisse trouver cela tout naturel !

Nous avons, il est vrai, l'histoire de quelques-uns qui ont refusé d'offrir leur talent aux délices de l'ennemi ; l'exemple est là de Berne-Bellecour, dont j'aime l'inspiration énergique et mâle, et qui me fait regretter de n'être pas le riche que je voudrais, de ce peintre qui demandait tout juste les cinq milliards qu'on nous a pris pour édifier un panorama *sous les Tilleuls !*

Mais ce patriotisme même met en un relief cruel l'équipée de M. Saint-Saëns.

Comment a-t-il pu, ce musicien, ne pas se rappeler soudain, à son piano, le cri des fifres ?

Comment, au milieu de ces hommes qui nous ont écrasés et de ces femmes qui ont prié contre nous, l'image de son pays ne s'est-elle pas amèrement dressée devant lui ?

Comment n'a-t-il pas fui, brusquement, dans une évocation de tout ce que nous avons souffert et subi ?

Je ne m'explique pas qu'il ait eu le courage de se sentir à l'aise en face d'un pareil auditoire ; je me refuse à croire qu'à un moment il n'ait pas eu une chaude bouffée sur le visage et un frémissement dans le cœur.

Les Berlinois, aussi bien, n'ont pas laissé perdre
cette occasion tout à souhait; ils ont eu le musicien français, ils se sont enorgueillis de sa présence, — et ils lui ont signifié par un charivari
complet que si en France on ne se souvient plus du
temps de Napoléon le Petit, en Allemagne on se
souviendra éternellement et quand même du
temps de Napoléon le Grand.

C'est une pénible leçon, mais précieuse.

Si elle pouvait être recueillie! Si demain nous
nous disions bien que c'est fini, qu'il n'y a pas à
chercher d'apaisement, que d'un côté c'est la haine
sans merci, que de l'autre ce doit être le patriotisme sans trêve !

Par malheur, l'excursion de Saint-Saëns en Allemagne sera expliquée sentimentalement, — et
excusée de beaucoup.

J'entends d'ici les commentaires.

N'est-ce pas, au contraire, entreprendre une
œuvre d'abnégation et de grandeur nationale que
d'initier l'étranger à notre élite ?

N'est-il pas utile de pénétrer jusque chez l'ennemi et de lui apprendre net que nous sommes
encore debout et vivants ?

N'est-ce pas travailler à l'honneur du pays que
de montrer à ceux qui nous ont terrassés que nous

l'emportons toujours sur le terrain des lettres et des arts?

Eh bien, j'ose déclarer qu'à mon sens nous ne sommes plus dans la situation de revendiquer la suprématie par les Muses! Nous avons d'autres supériorités à ambitionner, autre chose à faire que d'étonner le monde avec nos poètes et nos pianistes.

L'âge et le laurier d'or sont loins. Je repousse de toutes mes forces cette fiche de consolation.

Triompher avec nos artistes, nos clowns, nos pitres, nos étoiles d'opérettes et nos musiciens, c'est en pleine Décadence.

Byzance était fière de ses parfums et de ses courtisans.

Un peuple vaincu qui prétend régner encore par ses modes, ses roses et ses guitaristes, se rattraper sur le fard des belles couleurs évanouies, est un peuple en qui meurent l'espoir et la force.

Pour moi, je ne partage pas l'enthousiasme qui va aux virtuoses en tournée; je ne me sens pas patriotiquement ému et crâne de leurs succès.

Il nous reste mieux à produire. L'heure que nous traversons s'accorde mal avec ces petites vanités; elle devrait avoir d'autres préoccupations que celle de briller et de vaincre par Apollo!

La France, aujourd'hui, semble jouer le Roman comique pour l'univers...

Elle expédie des cabots aux quatre points cardinaux, — et sa gloire se contente de leur réussite et de leurs gains.

Allons ! qui donc affirmerait que cet honneur suffit, et que nous n'avons plus de réparation à rêver et à poursuivre du moment que nous sommes maquillés et cravatés de blanc sur l'Olympe.

Moi, tandis qu'on passe de plus en plus pour un phénomène en demandant que les cœurs soient hauts et que la France vive, je songe dans mon coin au temps où ce n'était pas pour y envoyer des pianistes qu'on criait : A Berlin !

Où ce joyeux appel : En avant, la musique ! s'adressait, pour la grandeur de la patrie, aux clairons et non pas aux symphonistes !

LE CAS DE M. DURAND

— Moi, dit alors un des hôtes, — le philosophe de la villa, qui s'était tu pendant la discussion, debout, les mains au dos, dans l'ombre douce du salon où passait par instants l'odeur du soir, des champs, des roses, moi je n'en veux pas de votre affreux procédé. Et je suis ravi qu'on ait planté là votre docteur Gérard, et sa thèse sur la fécondation artificielle; oui, certes, très ravi, pour ce qui est après tout la seule vérité, — la jeunesse et l'amour.

Fécondation artificielle? Allons, mais c'est hideux! C'est la fin de Roméo, c'est l'enfer de Juliette, c'est le triomphe et l'impunité pour tous les égoïsmes, les turpitudes, avidités et lâchetés.

8

Avec elle, le cas de M. Durand n'existe plus, — et il faut que le cas de M. Durand existe. Il le faut pour la morale; il est éloquent et nécessaire en ce temps où l'on subordonne le besoin de s'aimer, son devoir d'homme, de mari, de patriote, — j'ai dit patriote, et vous pouvez sourire, — à l'argent stupide, au bien-être à conquérir, au Grand Livre!

Votre fécondation artificielle, — comment ces deux mots, laids à faire peur, peuvent-ils venir à vos lèvres, madame! — assure à des gens comme mon Durand des bonheurs dont ils ne sont plus dignes, elle supprime le juste châtiment pour eux, et ils sont heureux quand même par où ils ont péché.

Eh bien! parbleu, c'est inacceptable, et c'est moi qui proteste, moi, une vilaine et froide bête de philosophe, un désabusé, comme vous dites, au nom du bel oiseau bleu et de Marguerite, de ce qui a vingt ans, de ce qui est fou adorablement.

M. Durand est Parisien; il travaille depuis quarante ans dans les acajous. Son existence s'est écoulée tout entière dans les grands magasins de meuble où le vernis sent bon; au milieu des chaises, des armoires et des bois de lit qui brillent, il a promené son sourire d'homme en route pour la richesse et l'embonpoint.

Mme Durand, elle aussi, a vécu là, de la même vie, dans l'entassement des marchandises neuves qui ne laissent pas un sentier libre à travers l'enfilade des boutiques.

C'est une femme tendre, honnêtement attachée à son mari, fraîche et saine, faite pour le petit.

Elle adore les bébés, mais elle ne peut adorer que ceux des autres. M. Durand, très pratique, économiste distingué dans la question d'amour, s'est interdit, et dès les premiers miels du mariage, les joies et les fougueux orgueils de la paternité.

Il trouve qu'il y a de par le monde bien assez de Durand et que le besoin d'en baptiser de nouveaux ne se fait pas sentir.

Au fond, il ne s'est jamais soucié d'avoir des enfants, — des bouches à nourrir, des tibias à couvrir, des intelligences à dresser : dans le combat pour la fortune, on est déjà trop de deux.....

L'enfant, s'est dit M. Durand, l'enfant est un luxe à Paris ; je ne me donnerai un héritier que le jour où j'aurai pour lui un héritage : avant, attention, pas d'imprudences, pas de bêtises !

Et voilà pourquoi le marchand de meubles n'a jamais mené que craintivement avec Mme Sophie Durand une honorable vie de bâtons de chaises.

Cependant, à force d'années, de patience et de

labeur, la fortune s'est faite. M. Durand vient d'atteindre le chiffre exact qu'il s'était fixé lui-même comme but, le premier jour où son nom peinturluré en rouge avait décoré l'enseigne du magasin.

La richesse, il la tient là, définitivement, en belles rentes sérieuses, et une émotion profonde, où domine le sentiment de sa propre admiration, saisit M. Durand lorsqu'il contemple, rangés au-fond d'un petit coffret à ses initiales, les coupons numérotés et épinglés dont chacun représente tant de labeur et de précaution.

Il se sent devenir tout autre, libre, avec des projets et des rêves qui bourdonnent dans sa cervelle et lui courent sous la peau.

Le Vésinet était le pays d'élection, le coin rare que de longue date M. Durand s'était promis pour son repos et son bien-être. Un matin, la boutique vendue, il descendit de wagon accompagné de Mme Durand, tout heureux et fier de prendre possession de sa maison bien blanche, bien claire et bien neuve, avec une laitue autour.

L'installation des deux époux dans la maison fut comme une fête de jeunesse.

A l'âge où l'on achève de vivre au milieu des choses connues, usées, fanées, M. Durand avait bouleversé son intérieur et s'était entouré, lui déjà ridé et bedonnant, de meubles frais, éclatants et gais.

Il avait encore bien d'autres idées de réformes M. Durand — et sur sa personne.

Zélé, remuant, on devinait en lui d'étranges préoccupations. Tout le long du premier dîner, en tête-à-tête, dans la salle à manger joyeusement fleurie, Mme Durand le regarda d'un œil étonné, elle ne l'avait jamais vu si rempli d'attention...

Il la servait magnifiquement, il l'appelait ma chérie et non plus Mme Durand, comme autrefois, alors que d'un comptoir à l'autre, il annonçait les commandes d'une voix retentissante.

Et Mme Durand était émue, et elle se sentait enveloppée par cette tendresse.

En se levant de table, il prit son bras et l'entraîna au fond du jardin.

La nuit était venue, très douce et embaumée. M. Durand faisait de la poésie avec ses fleurs, ses ombrages, ses étoiles.

Il avait des soupirs, des mélancolies et des frissons dans la main.

Penché sur Mme Durand, il lui parlait bas, comme à une vierge, tout idyllesque, devant cette rosière — sans rose.

Soudain il lui prit la taille et murmura: N'est-ce pas que ce serait gentil un gros bébé qui courrait là, devant nous.

Stupéfaite, se rappelant les principes toujours si rigoureusement observés par son mari, Mme Durand ne dit mot et se laissa entraîner, tandis qu'il répétait: Hé, bonne, nous avons de quoi, de quoi !

Avec des mystères et des coquetteries de jeunes mariés, les deux époux pénétrèrent dans leur chambre qui allait être comme une autre chambre nuptiale — ils en étaient presque aux noces d'or...

A cinq heures du matin, M. Durand ouvrit sa fenêtre, d'un mouvement brusque : il avait repris son bonnet de coton.

Songeur, il s'accouda sur la balustrade, offrant son gilet de flanelle à la fraîcheur de l'aube, pendant que, dans le grand lit, Mme Durand dormait d'un sommeil placide, routinier et bête.

Durand, dans son coin, ne chantait plus : Hé bonne, nous avons de quoi, de quoi !

Il était humilié comme un pauvre. Fragilité ton nom est homme?

Pour avoir économisé les enfants comme les écus, Durand se trouvait, à cette heure, mari marri, incapable de toute recherche de la paternité.

Cette belle nuit qu'il avait réservée pour le temps où il aurait fait fortune, la nuit aux héritiers, elle venait d'échouer piteusement, — et c'est à merveille.

Ce serait trop joli, ma foi, que l'on puisse se moquer de l'unique noble et grande chose qui soit, dans ce monde inepte, et qu'on la retrouve, à sa dévotion, au premier appel.

Votre invention est à souhait pour réjouir et aider tous ces Malthus de l'acajou dont nous sommes envahis, tous ces pantins stériles par qui nous nous dépeuplons, — quand à côté de nous on fait à profusion de petites têtes filasse pour les casques à pointe, — et voilà pourquoi je la déclare monstrueuse, révoltante, inique.

Que ceux qui ne pensent qu'à l'argent aient l'argent!

Mais, pour Dieu? qu'on laisse l'amour et tout ce qui est dans lui à ceux-là au moins, qui ont accepté d'un cœur joyeux toutes les médiocrités, tous les sacrifices plutôt que de ne pas s'aimer loyalement et dignement, et qui ont préféré à tout cette céleste vertu qui ennoblit et élève : l'Amour qui file, file — et disparaît.

GRAND CHOIX

D'APPARTEMENTS MEUBLÉS

On pouvait croire jusqu'ici que Balzac, étudiant le type du député, lui avait porté un assez joli coup dans le *Député d'Arcis.*

Simon Giguet est immortel ; Simon Giguet revit à toutes les rentrées.

Il est peu de nos députés qui n'aient connu comme lui les tracas et les intrigues de la première réunion : qui n'aient senti « cette chaleur douceâtre au-dessous du creux de l'estomac » quand il faut compter avec Achille Pigout, l'interrupteur du parti opposé, avec le père Grévin, l'ancien notaire, avec M. Philéas Beauvisage, qui ne prend conseil que de sa fine mouche d'épouse, avec Poupart, l'aubergiste du *Mulet*, avec Fro-

maget, le pharmacien, si digne de décider tout le
pays.

Oui certes, il y a sous cette observation une
ironie vigoureuse et qui fait balle...

Mais combien ils signifient davantage, combien
ils frappent autrement, ces simples et modestes
mots que je cueille dans une annonce d'hier : A
louer, à Paris, pour MM. les députés, G^d choix
d'App^ts meublés.

Cela en dit long ; cela dit tout.

Cela dit le pauvre monsieur qu'une fantaisie du
hasard, qu'un écu emprunté, qu'une belle parole
lancée à souhait dans la Grand'rue au-devant le
Cheval-Blanc, a brusquement bombardé dans « la
Capitale ».

Il arrive en droite ligne de son endroit ; il ne
connaît de Paris que ce qu'en écrivent les gazettes,
que ce qu'en raconte l'illustre Gaudissart.

Il avait bien songé d'abord à louer une maison
aménagée, tout une maison, comme cela se pratique à Caperlac, bien petite, bien démocratique-
ment pure, pas trop loin de son travail...

Mais en route, dans le wagon, on lui a appris
que la moindre bâtissse à Paris se décore du nom
d' « hôtel » et représente des prix fantastiques...

Alors il se rabat sur la chambre meublée, et,

comme il faut avoir bonne figure malgré tout, il en prend plusieurs — qui se ressemblent.

On devine la chose : un salon en velours rouge; de ces chromos vieillotes sur lesquelles les mouches font plus de points noirs qu'il n'y en a jamais à l'horizon; une de ces pendules sous globe, qui ne doivent pas s'attendre à marquer l'heure du progrès; un bureau habitué à recevoir le « papier » de la blanchisseuse et non pas des notes de législateurs, sur un guéridon, attention délicate, un *Huide-Conty* et l'*Almanach des vingt-cinq mille adresses*.

Le pauvre monsieur est ravi d'avoir découvert ce palais; il s'installe; il accroche son écharpe au mur et montre sa médaille au garçon.

Il ignore tout ce qui s'agite, gronde, espère autour de lui; il en est au même point qu'un Kalmouk; il s'est procuré un domicile par les mêmes moyens qu'un Cafre débarqué de sa Cafrerie.

Il se perd dans cette ville où il ne connaît ni un monument, ni un commissionnaire, ni un chat; il campe; pour un peu, on lui remettrait le bougeoir, la clé, le tire-bottes.

Et pourtant, il prétend réformer tout, et pourtant il veut « que ça finisse » à la fin...

Les dernières élections nous ont expédié, à

la grosse, le député d'appartement meublé.

Ce personnage qui débute par aller quérir ses informations et son home dans une agence quelconque, et qui se pique en même temps de savoir Paris, son peuple, ses besoins, pourrait prêter à de fort séduisantes caricatures.

Il est comme un compère de *Revue*, chargé d'expliquer et de faire manœuvrer la comédie, — et qui demanderait sérieusement l'escalier de l'Obélisque.

Pour ceux qui s'obstinent à vouloir, dans le député, un homme au courant, bien posé et marquant bien, indépendant, faisant honneur au public, le G⁴ choix d'App¹ˢ meublés est une décevante réalité.

A la place d'un homme fidèle et solide au poste, assuré de son lendemain, ce sont des nomades qu'on nous envoie : et ces gens qui n'ont pas assez confiance pour s'établir, qui s'en tiennent au provisoire dans l'existence même, ont pour mission précisément de rendre à tous la confiance et d'edifier la loi durable !

Il semble qu'ils se résignent d'avance à ne faire que passer : leurs malles restent en un coin de l'antichambre.

Ils ont l'air d'être seulement en touristes dans la

politique; si par aventure, ils se risquent à l'ascension de la tribune, ils la font comme on fait celle du Righi, — pour dire qu'on l'a faite.

Mais quand la galerie perce les petits mystères, instinctivement elle se défie et épilogue.

A tort ou à raison, elle aime la porte cochère.

Elle respecte en le détestant, le larbin qui vous prie de patienter un moment.

Elle est flattée lorsque ses élus sont « conséquents ».

Elle trouve qu'on peut avoir des principes et des étoffes à soi, des projets généreux et son acajou.

Avec elle, j'estime que tout ce qui touche a gouvernement et au pays doit paraître et occupe un rang qui en impose. Je ne sais plus quel est ce personnage d'Octave Feuillet qui se déclarait démocrate pour les autres et aristocrate pour soi-même : la formule est là.

Les austérités prétentieuses et pédantes ont accompli leur temps, et les hommes de la République ne perdront rien à perdre de leur ressemblance avec M. Bourbeau.

Je me doute assurément que beaucoup ne demanderaient qu'à planter là cette parenté, et renonceraient sans peine aux joies du garni, —

9

fût-ce avec balcon. Mais pour cela, il leur manque cette petite chose qui est bien aussi le nerf
de la paix : ceux-là restent les créanciers de
l'État.

Au lieu de cette « indemnité » dérisoire qui fait
du député un très maigre seigneur à côté du reporter, c'est une pension bellement trébuchante
qu'il importe de donner.

Il faut arracher le député aux compagnies de
chemins de fer, qui le roulent, lui et sa conscience ;
il faut l'arracher à ces G^{ds} App^{ts} meublés, où il se
diminue — quand il n'a pas l'air d'y guetter le
coup qui l'enrichira.

Dans ces bazars, l'esprit se rétrécit ; la banalité des objets y pénètre les êtres. Dans un pareil
cadre, les idées, avec le reste, se couvrent de
poussière, et, parfois, il y a pis, — elles se cor-
rompent.

Ces piètres et misérables débris sont mauvais
conseillers.

C'est là, au milieu d'eux, de cette tristesse, de
cette misère décente, qu'un matin cette pensée
louche se présente, qu'un titre de député peut
devenir un titre de rente ; c'est que les *Effrontés*
courent chercher leurs aides ; c'est là qu'on tourne
au Giboyer.

Si le Parlement doit se changer en une succursale de la Bourse ou une arrière-boutique de commerce, si le député doit rappeler le major de table
d'hôte qui, la fête achevée, s'en revient piétiner
dans l'obscurité son paillasson en location, conti-
nuez ce régime, il est à merveille...

Mais il se rencontrera toujours des gens, et, ce
qui est plus grave, des électeurs, qui préféreront,
entrant chez *leur* député, être bien reçus, par un
homme qui ne loge pas entre un rastaqouère en
déveine et une famille émérite d'avaleurs de sa-
bres, qui les représentera avec éclat et faste et,
devant eux, se fera apporter l'*Officiel*, sur un plateau, par un Baptiste bien à lui, un Baptiste acquis
avec de l'argent légitime !

MAISON A LOUER

Le ministre vient d'accorder à M. Ritt un privilège nouveau.

Le Théâtre Italien a trouvé son bâtiment, qui l'eût cru ? — et c'est l'Académie nationale de musique qu'on lui octroie.

Que l'idée d'étendre leur exploitation ait paru un pur chef-d'œuvre à M. Ritt et à son associé, cela se conçoit.

Ahanant sous le fardeau de leur direction, criant aux quatre coins que la charge est bien lourde, — il était facile pourtant de ne pas l'accepter, comme il est facile de ne pas faire de tragédies, — inquiets de leurs lendemains et troublés encore par cette grande révolution des chaussons qui a mis tous les rats en l'air, on peut admettre sans difficulté qu'ils aient voulu s'ouvrir un filon et chercher, par tous les moyens ingénieux, à s'arrondir.

Ce n'était que trop naturel ; ces préoccupations sont celles de bons et notables commerçants, et personne ne saurait s'en étonner.

Avoir tenté vaillamment d'augmenter le répertoire, s'être appliqué à nous fournir du neuf, s'être adressé jusqu'en Belgique pour piquer les curiosités, sans considérer qu'il y a chez nous tant d'artistes qui ne demandent qu'à paraître, — et voir toute cette initiative sans résultat à l'horizon, ces heureuses pensées inutiles et incapables de produire rien qui compte, cela explique avec abondance cette impérieuse démangeaison où est M. Ritt de s'agrandir et d'organiser un *great attraction* à côté.

Mais, ce que l'on s'explique plus difficilement, c'est l'autorisation consentie. Les directeurs de l'Opéra sont ici hors de cause.

Cette manière de mettre au fronton de notre Opéra « maison à louer » est pour surprendre désagréablement ceux qui voyaient dans ces mots flambants : l'Académie nationale, comme une promesse et un inaliénable patrimoine.

Publier ainsi hautement nos lésineries officielles et le désintéressement de notre goût, et désigner comme un vaste et unique hall à entreprises et à spectacles variés, ce sanctuaire de la musique, en vérité est-ce comprendre son rôle et garder dignement les traditions ?

Lorsque autour de nous les capitales peuvent être fières de l'opéra qu'elles offrent ; lorsque, dans un édifice de modeste figure, ainsi qu'à Moscou et à Vienne, on voit l'Art défendu, et passionnément, — chez nous, nous sommes condamnés à payer la trop belle figure du nôtre par des compromis qui déconcertent et où l'art se désagrège.

L'Opéra de Paris ? Il est aujourd'hui une assez importante succursale de la Monnaie : il sera demain un dépôt fameux de la Scala.

On y servira de la Cymbale Milanaise.

Avec cette troupe nouvelle brusquement implantée à terme, avec ce remue-ménage en *i*, la carrière est ouverte ; on exhibera là, nous aurons l'Académie-omnibus.

Peut-être même cette inspiration lumineuse et pratique surgira-t-elle un matin, qu'on ferait d'admirables distributions de prix, comme en province, dans cette salle énorme, de superbes repas

de corps dans ce foyer, et qu'une noce, mariés en
tête et violon en queue, — ces violons qui jouent
l'unisson de l'*Africaine*, serait, sur l'escalier, d'un
adorable effet.

M. Paul Bert constatant les crises que l'art traverse à cette heure, cette semaine demandait la
création d'un petit théâtre seulement pour nos
auteurs à nous; un petit théâtre, s. v. p., un
théâtre d'essai, un théâtre borgne, — pour les
illustres eux-mêmes qu'on laisse dans l'attente
longue et désespérée...

Et c'est dans cette condition lamentable faite
aux nôtres que les sollicitudes d'en haut s'en
vont aux pizzicati et aux appogiatures du voisin !

Il faut sauver ici l'Opéra italien ; on consent aux
plus criantes bizarreries pour l'opération de ce
sauvetage, tandis que l'Opéra français, lui se
meurt, malgré les forces vives de chez nous et les
talents qui poussent.

Ce qui était pour le pays une éclatante richesse et un renom envié, on le relègue au
second plan, on le sacrifie au triomphe de la
mode.

Puisqu'il y a place, paraît-il, à l'Opéra, pour des
évolutions et pour des équipements nouveaux ;
puisqu'il y a des soirées dûment libres, et puisque

l'on peut gratter des relâches, il était aisé d'exécuter, à l'Opéra même, des expériences qui auraient
servi notre art et les artistes.

Mais non, les représentations populaires ont
rencontré dans les routines de haut lieu des ad-
versaires entêtés; mais non, l'Opéra, jurait-on,
doit garder son aspect de temple, il donne tout ce
qu'il peut, impossible d'en user davantage.

Et pendant ce temps, la spéculation a manœu-
vré à merveille, et cette prise de possession entière
de l'Opéra que l'art n'avait jamais réussi à accomplir, l'argent l'a accomplie.

L'argent n'a eu qu'à montrer ses raisons, et la
lyre d'or qui est là perchée n'a plus valu que son
pesant.

Je sais bien que fort habilement ont été pré-
sentés les motifs. Des gens, soudain, se trouvent
à souhait une jolie larme prête pour pleurer
comme il convient sur l'Opéra italien disparu, —
qui n'ont pas une pensée pour l'Opéra français qui
disparaît.

Bien à point, surgit une petite évocation de la
salle Ventadour; on fait, à l'heure dite, sortir de
son Nicolinid, le rossignol de la Patti.

On soupire l'élégie aux tapis rouges des couloirs d'antan; on rapporte l'intimité exquise et

précieuse des loges, les causeries, les distin-
guées, les subtiles sensations d'hier ; on atteste les
exigences de la mode, et les doléances du monde
qui ne sait plus où flirter délicatement en musique.

C'est encore ici une assez fine plaisanterie.

Le théâtre italien, c'est un vieux jeu auquel on
se ruine, — c'est un dada de clan.

L'épreuve a été faite : à ceux qui rêvaient encore des jours raffinés du pschutt évanoui et qui
voyaient là les sourires de de Marsay, debout derrière la marquise d'Espard, Mme de Beauséant
et Mme de Maufrigneuse, dans l'éblouissement
des diamants, des camélias et de la grâce, — la reprise de *Rocambole*, hé ! là, les gens du paradis !
vient répondre.

Après les syndics, c'est Rocambole et Gugusse
qui ont le dernier mot et c'est Hilarion Ballande,
fort en truffes, qui surnage.

Le théâtre italien a fini aux Nations piteusement,
— beaucoup croient qu'à l'Opéra, il aura seulement
un plus magnifique tombeau.

Il appartient à tout une époque ensevelie, il
dit communément une musique dont la coquetterie pimpante, dont le chic frivole et dont le chic
voletant saisissent de moins en moins l'admiration; sous l'influence des profonds maîtres d'au-

jourd'hui. Il dit aussi des auditeurs dont l'espèce est raréfiée.

C'est une impression commune qu'il en est réduit, pour l'avenir, à l'état de vieille relique, il fait partie d'une société d'idées et de mœurs qui s'effacent.

On parlera de lui toujours et comme de tout ce qui a été, comme on parle de Bobino, sans pouvoir lui rendre de cette vie, de cette physionomie particulières dont le secret est perdu.

C'est cependant à cette ingrate besogne qu'on dévoue l'Opéra !

Par lui-même il n'était pas exposé assez, il faut qu'on l'expose encore au discrédit d'une entreprise qui peut être mauvaise; quoiqu'on prétende qu'il sera solidaire.

Après ce formidable aveu d'impuissance parti du ministère, pour un rien viendra la déroute et nous aurons la panique dans l'art.

Malgré les bonnes volontés de M. Ritt et les gages donnés par lui, cette glorieuse et noble salle court le risque de n'être plus qu'un vaisseau échoué.

Que si l'on envisage ces représentations nouvelles du côté du succès, l'inquiétude change simplement de cause.

On voit d'ici le triomphe de Mme Escalaïs au lendemain de la Patti et de Nillsonn! Personne n'hésitera sur le jour à choisir, personne sur le programme.

Le public est ainsi fait, qu'il n'a pas la patience des talents qu'il lui faut distinguer, il se précipite par imitation, il est le Romain de Panurge.

C'est une aventure qui laissera bien des découragés et bien des bouleversements.

Quand on regarde autour de soi, tout cela devient grave doublement.

Ici, c'est l'Opéra-Comique, le théâtre des mariages purs et de l'acajou des familles qu'un scandale récent a mis en émoi; là, c'est le Théâtre-Français où s'étale le césarisme coquelinesque et dont les cabotinages, les jalousies et les rivalités excèdent.

Que nous restera-t-il debout, sur qui, sur quoi compter?

Chez Molière, sans façon, Mascarille met la clé sous la porte, et dès qu'il lui plaît, après avoir fatigué John Bull, s'en va solliciter James Dollar.

Chez M. Garnier, par privilège spécial, on accroche l'écriteau et les directeurs, à leur gré, peuvent être gérants d'immeubles.

Ah ! on se met bien dans la subvention.

D'un côté on est indulgent pour les services qu'on attend, et de l'autre pour les services rendus : dans cet état des choses, entre tant de prévenances et tant de mansuétude, il n'y a plus d'intéressant, de vivant, de bien dans l'ordre que le théâtre des Batignolles !

BIBELOTS GALANTS

Mlle Caroline Letessier vend ses tableaux, ses vitrines de vieux Saxe, ses bronzes, tout, — jusqu'à cette chambre à coucher où par les stores elle a vu si souvent, le matin, glisser le soleil d'Austerlitz : Mlle Letessier fait lit neuf.

Le krach, quoi qu'on ait écrit, n'est pour rien dans cette mise en catalogue Escribe de l'hôtel du boulevard Malesherbes ; après des années de luxe, la célèbre demi-mondaine n'en est pas arrivée à cette heure fatale où le marteau d'ivoire, pour les grandes pécheresses, remplace efficacement le doigt de la Providence. Elle ne réalise pas pour sauver la situation, mais pour se rendre digne d'une vieillesse honorable, honnête et considérée. Non,

Caro n'est pas à la côte, Caro n'a pas les huissiers aux jambes, — Caro se marie.

Parole d'honneur, messieurs, Caro épouse un prince russe qui n'entend pas abriter sa lune de miel sous le ciel de lit des autres, et qui veut rajeunir le décor, — s'il ne peut rajeunir le sujet.

Tiens, pourquoi Caro n'épouserait-elle pas un prince russe? La Russie lui a déjà porté bonheur et gloire ce soir fameux, où, en plein avant-scène, elle plaquait sur sa poitrine la croix en diamants de Saint-André !

Les bonnes amies sont furieuses. Qu'auraient-elles pensé, si il y a quelque temps, elles avaient vu cette Caro dont elles annonçaient la ruine, entourée, dans un restaurant de l'avenue de l'Opéra, des vingt gilets à cœur les plus cotés de Paris, toujours sûre de sa vieille autorité, superbe et majestueuse avec son grand cou, son nez imposant, sa longue taille, jetant comme un dédain tranquille à toutes les médisances.

L'hôtel de Caroline Letessier, à parler franc, n'est pas un des chefs-d'œuvre du genre. Ses bibelots ne sont pas caractéristiques. Elle n'a jamais eu la passion du bric-à-brac, convaincue, enragée: au petit bonheur, sans préméditation d'artiste, elle entasse, elle amoncelle; par elle-même elle est

incapable de flairer la jolie chose empoussiérée et
de tirer de rien précieux du fond de la hotte; elle
n'a ni l'initiation ni peut-être le goût.

Reçoit-elle un collectionneur, elle ne lui détaille
pas avec complaisance l'histoire et les ancêtres de
son bibelot, elle n'éprouve pas cette joie de conter
au dilettante ses recherches anxieuses, ses doutes,
ses voyages à la boutique noire, triste, déguenillée,
où l'on déniche des merveilles. Quand on lui dit:
— Ah! vous avez là une machine exquise, et du
plus pur...

Elle répond invariablement:
— C'est Gustave qui me l'a donnée.

Quand on lui vante tel coffret, tel émail:
— C'est Gustave qui me l'a donnée.

Gustave a fait la fortune de Letessier, et tant
qu'il y aura des hommes, Gustave fera la fortune
de certaines femmes. Gustave, tout est là. Qu'est-ce
que ce Gustave généreux, ce charmant Gustave...
C'est... cherchez. — Oui, c'est ça.

Gustave a donc collectionné pour Caro. Nos demi-
mondaines qui amassent les bibelots autour d'elles
en sont presque toutes là. Le bibelot est un art
très fin, très subtil, qui exige des dispositions particulières. Le malheur est qu'il soit devenu une
mode, une nécessité d'alcôve.

Prenez une femme « qui se tient, » elle n'a qu'une ambition : garnir ses coins, ses tables, ses cheminées, ses murs ; elle n'est vraiment dans son assiette que lorsqu'elle a réuni force vieux plats. Quelques-unes, à la longue, se sont façonnées à la bibeloterie ; elles sont tombées sur un délicat, sur un flirteur de l'hôtel des ventes qui les dresse et les dirige ; sous sa surveillance, elles apprennent à faire sonner les delfts, du bout de l'ongle ; rapidement, elles se posent, dissertent, discutent : que *monsieur* disparaisse, toute cette érudition se dégonfle.

Livrée à elle-même, la demi-mondaine prend souvent la vieille anse traditionnelle pour un débris étrusque ; son archéologie ressemble à celle du bon savant de Labiche. Mais bah ! elle s'est arrangée une originalité. On vient chez elle en curieux, elle tient son petit lever au milieu des antiquailles, promène son peignoir à longue traîne dans des fouillis, son teint bien fait dans une harmonie de velours pâles et de soies rutilantes.

Il en est cependant quelques-unes qui ont su grouper autour d'elles, avec une science délicate, des raretés authentiques.

En entrant, par exemple, dans le salon d'Émilie Villiams, vous croyez pénétrer chez un inspecteur

des beaux-arts, — et vous êtes chez le *Phoque*.
D'un esprit très éclairé, elle a su choisir.

Dans le nombre effrayant des trouvailles, une
admirable reproduction de l'Hermaphrodite du
Louvre, une console blanc et or, des coffres dans
l'embrasure des fenêtres, des delfts dorés, tout le
cortège des faïences sur un guéridon : le *Mot et la
chose*, de Sarcey, à côté du *Cochon d'or* de Fortuné
du Boisgobey.

Mlle Lasseny, dans sa chambre à coucher, a pour
plafond une merveilleuse tapisserie qui représente
la vie de Marie Leczinska et qui fut donné à
Louis XV par la ville de Pau ; pendules de Gout-
tières, cuivre qui rivalisent avec les étains de Sari,
épinettes ; dernière acquisition : un « pot de chambre en vieil argent ciselé, » — un amour, un
bijou.

Mlle Lasseny a inauguré un genre nouveau, —
le bibelot d'utilité.

De la collection de Lucile Mangin je ne veux retenir que les douze empereurs romains, en marbre,
qui font la haie au visiteur dans le vestibule de
son hôtel des Champs-Élysées ; solennels, graves
et dignes, les Césars blancs vous regardent ! Lucile
Mangin, pour sa sécurité, a cru devoir s'offrir un
poste d'honneur. Suétone pourrait ajouter là un

profond chapitre à son histoire. Grandeur et décadence de l'Empire? Monter la garde, comme un
simple pioupiou, et au bas de l'escalier d'une demi-
mondaine, quand on s'est appelé Néron! Quelle
leçon pour les peuples. Il est vrai que Néron était
poète : ces gens-là sont capables de tout.

Je vous présente une érudite, — tout au moins
d'apparence, Mlle Aimée, des Variétés. A son retour
d'un voyage au Pérou, elle s'est senti tout d'un
coup une vocation de bibliomane. Livres introu-
vables, reliures uniques, elle les collectionne, —
les ouvre-t-elle?

C'est un homme de lettres qui a présidé à l'or-
donnance de la bibliothèque de Mlle Aimée, —
comme Sarcey avait fait pour Mlle Croizette.
Mlle Duverger a, dans ses armoires, les plus beaux
spécimens de l'argenterie ancienne ; ils ont représenté pendant la guerre six cent mille francs d'as-
surances. Elle a crémé la vente de Sau-Donato :
Plafonds peints par Baudry, effets de nuit étoilée,
plein d'une pénétrante et langoureuse poésie;
Greuzes.

Mlle Duverger a conservé dans son salon le fauteuil de Demidoff. Ce fauteuil, en velours de Gênes,
avec dorures mâtes, est barré; personne ne s'y est
jamais assis depuis le prince : relique pieuse qui

demeure là pour rappeler éternellement le passé, comme on laissait vide autrefois la place des absents au foyer. Touchant, ce fauteuil érotico-funéraire, qui semble crier nuit et jour : Dans mes bras !

Mlle Letessier, dans son nouvel intérieur, conservera-t-elle le bibelot vieux souvenir, le bibelot qui joue le rôle du bracelet en cheveux? Des experts se sont mis à l'œuvre. Nous entendrons bientôt le légendaire : Il y a preneur pour cent francs..., cent dix, on dit cent dix..., cent vingt..., personne ne dit rien? cent vingt et un, vingt et un.. *(Trois coups de marteau) un silence...* Adjugé !

Et c'est ainsi que finissent le plus souvent les bibelots galants; ils partent comme ils sont venus, on ne sait jamais au juste pourquoi. Fin douloureuse, — et banale.

Adieu ! bibelot. Pauvre Gustave !

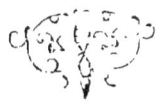

GAUSSIN ET DÉCHELETTE

Le drame d'Alphonse Daudet, que, pour ma part, je trouve admirable et poignant, et dont les vérités âpres balayent si vigoureusement les planches qui ont vu le *Maître de Forges*, n'est pas sans froisser, paraît-il, le public au bon endroit.

Le public est chatouilleux dès qu'il s'agit des principes.

Il a ses idées à lui sur le bien et sur ce qui se doit.

Elles sont absurdes parfois, monstrueuses, scandaleuses, mais il y tient.

Or, *Sapho* bouleverse toutes ces belles pudeurs. Cette œuvre courageuse blesse les bonnes gens.

Dans ce temps facile aux déclamations, où l'on ne voit sur la scène que drôlesses à réhabiliter, et dans la vie qu'honnêtes bourgeois qui s'écrient avec sentiment que la courtisane seule sait être mère, qu'il importe de la prendre par la main et l'aider à gagner cette vertu et le ciel, dont elle est toujours digne, — on crie haro sur l'artiste qui ose montrer une fois la « créature » telle qu'elle est.

Nous nous sommes payés à ce point de mots et de ronflantes phrases que nous ne savons plus voir une fille dans une fille.

La conscience du spectateur se révolte avec sa pureté bien connue, quand d'aventure on lui montre une cascadeuse — qui n'est pas une sainte.

Toutes des modèles d'abnégation, toutes des victimes, toutes d'angéliques petites personnes !

C'est entendu, et il faut en vérité être dénué de sens, de probité, d'honneur pour oser mettre en scène une gourgande qui pense, qui sent, qui aime simplement en gourgande. C'est infâme.

La morale courante est doublement heurtée par le dénouement de *Sapho*. Pour la satisfaire, il aurait fallu que Sapho fût canonisée malgré sa boue, que vile et perdue — elle fût sauvée et hissée au pinacle, par un de ces cœurs généreux qui battent dans la poitrine des imbéciles ; qu'elle fût traitée

comme Marguerite Gautier et comme Olympe, —
ou punie, châtiée, jetée aux plus horribles douleurs, pour avoir eu l'aplomb de s'attaquer, elle,
l'ignoble enamourée, à un Gaussin d'Armandy,
à un fils de propriétaire, à un brave jeune homme !

Il y a autre chose encore dans ce dénouement
de Daudet qui ne sourit pas à la morale des puri-
tains.

Quoi ! comment ! Gaussin n'épouse pas ? Gaussin
ne demande qu'à rester avec cette épouvantable
maîtresse ?

Mais c'est écœurant, mais on n'a jamais poussé
le cynisme à ce point !

Voilà un gaillard qui est à moitié démoli, il
s'est usé aux baisers et aux ignominies d'une Sapho, il ne croit plus à rien, il a vécu avec l'enfant
d'un forçat et avec la femme de tout le monde, il
est éclaboussé, il est atteint aux moelles et au
cœur, et il ne pense pas à aller prendre quelque
part, en province, une douce et tendre jeune
fille !

Et on ne le déclare pas solennellement mûr pour
le mariage !

Il y a là une petite cousine, bien pure, bien
chaste, faite exprès, et on ne la rive pas, trop heureuse, à cet être faible, désespéré, sali !

10

Parbleu, c'est inouï ! Cela ne s'est pas encore vu !

La morale exigeait qu'au sortir de l'étreinte de Sapho — et quelle étreinte ! Gaussin allât apporter à une enfant confiante et sans tache ses tristesses, ses lassitudes et ses dégoûts.

N'est-ce pas ? Ah ! comme le public serait parti tranquille ! Quelle haute leçon et quel tableau patriarchal !

Par contre, avec son Déchelette, l'auteur a conquis tous les suffrages.

Déchelette ! la morale même parle par la bouche de cet homme-là !

Il représente à merveille l'éducation qu'on devrait donner à nos fils. Admirons.

Déchelette est un individu qui fait profession de pratiquer l'amour sans lendemain.

C'est-à-dire qu'il prend l'omnibus. Son petit voyage fini, il descend : ni vu ni connu.

Il accomplit uniquement sa fonction.

Il ne demanderait certes pas mieux que de s'en passer, — ce serait plus économique encore et moins grave, mais il n'est pas de bois.

Par exemple, il ne s'en faut pas de beaucoup.

Daudet a dédié *Sapho* à ses fils avec cette mention : Quand ils auront vingt ans. Pour Déchelette, l'essentiel c'est d'avoir vingt francs.

Déchelette se vante de n'avoir jamais rien ressenti.

Il est incapable de dépenser trois francs pour un
Musset. Il ne se fendrait pas davantage d'un œillet.
Pourquoi ces bêtises ? Tout ça, c'est des histoires
de femme.

On est considéré, sans faire tant de manières, à
la maison Tellier.

Ah ! Déchelette, que de pères vénérables et que
de mères vous avez pour vous !

Que si quelque pauvre fille se jette par la fenêtre
après que vous avez déposé la pièce sur la cheminée, — on s'en moque ; vous ne lui devez rien à
cette aventurière. Vous avez payé.

Comme d'une peste, vous vous êtes gardé d'une
tendresse, d'une émotion, d'une pitié.

Vous condamnez les folies qui vous font vibrer
et vivre ; vous passez dans l'existence sans une
larme, sans une espérance, sans une illusion : que
vous êtes donc dans le vrai !

L'amour pour vous, — c'est quand vous rôdez
autour de chez Macette, la générosité quand vous
octroyez vingt et un centimes à la petite bonne.

La passion qui vous fortifie, les souffrances qui
vous trempent, la poésie qui vous élève, tout cela
c'est dans votre gousset.

Vous traitez la femme comme une ordure nécessaire et vous vous traitez vous-même comme un
chien, — ah! que c'est beau ! à la bonne heure !

Est-il bête ce Roméo ! Sont-ils ridicules tous ces
gens qui meurent d'aimer !

Déchelette, avec votre louis, vous avez un cœur
immense. C'est vous qui êtes l'avenir de ce pays.
C'est vous, vous égoïste, sec et décourageant, qui
personnifiez la morale.

Eh bien, non. Je le trouve hideux, ce Déchelette.

Tous les égarements plutôt que tant de sagesse
et de vertu.

Cette morale bourgeoise qui envoie les vingt
ans de Chérubin chez la matrone, qui limite toute
la jeunesse de nos fils à l'horizon de Boule de Suif
et d'Angèle en sortie, me répugne, et je la repousse
d'instinct.

Adonné à une écuyère de l'Hippodrome, de
Potter, le musicien de génie, est à plaindre.

Mais j'imagine qu'il n'est guère à envier non
plus ce Déchelette au sourire méprisant, qui ne se
rappelle rien, qui n'a pas dans son passé une
de ces mélancolies dont le souvenir vous rend
joyeux plus tard, un de ces bonheurs qui vous font
pleurer.

En réalité, cela n'est pas si terrible.

On a aimé, on a exagéré même l'amour, on s'est livré à lui tout entier et on lui a laissé quelque chose de soi. Qu'importe ?

On s'est même trouvé en ménage on ne sait comment,

> Comme ces voyageurs qui, venus par envie
> De visiter la ville, y sont restés leur vie,

ainsi que dit Pailleron, qu'importe toujours !

Il advient plus d'une fois que les meilleurs ce sont encore les pires.

Ceux-là n'ont pas au moins pensé qu'avec un petit rond en or on achète toute la joie de vivre.

Et je préfère leur faiblesse à la force des autres.

Ils ne sont point positifs, mais ils sont bons ; ils ne sont pas selon cette morale qui devrait plaire au jeune Benoiton, l'inventeur de la bourse aux timbres-poste, mais ils sont de ceux qui épousent les filles sans dot, et qui croient !

Mon Dieu, ce n'est pas un phénix que Gaussin : il en est bien loin, le pauvre garçon.

Il vaut pourtant à mon sens dix Déchelette.

On lui reproche d'aimer une Sapho et de lui revenir quand même. Ah ! comme il a de la chance d'aimer. Ah ! comme il a raison !

Pour moi, qui n'appartiens pas à ce monde de la morale où l'on accepte pour des héros des gens qui donnent leur nom à « des infortunées » qui soupirent après l'honneur perdu et semé çà et là, où l'on dit que ceux qui consentent à cet étrange acoquinement de par la loi sont de grandes âmes et des caractères superbes, je ne saurais condamner Gaussin, qui se contente d'aimer cette fille, qui lui demande ce qu'elle peut lui offrir, qui rêve de la conserver toujours parce qu'elle est la « Seule » — et parce qu'il ne veut pas, à la brune, courir les rues comme Bob ou Azor !

LA FIN

Ce n'est pas sans effroi que je songe qu'il reste à Hugo trois jours encore à demeurer parmi nous.

Depuis qu'il a rendu ce souffle prodigieux qui a soulevé ce siècle, le poète immense est devenu la chose de quelques-uns, la proie des badauds, — et pour un peu le Guide-Conty offrirait en prime une lucarne sur le passage à ses acheteurs.

Quelles ambitions étroites, quelles comédies, quelles fautes verrons-nous s'agiter encore autour de cette dépouille, avant qu'elle n'arrive au repos !

De l'Arc de Triomphe au Panthéon ! Cela vous a d'abord une allure superbe, cela grandit et console et vous donne comme un orgueil d'être de ce Paris qui a eu l'inspiration d'une si formidable promenade funèbre...

Puis, si l'on se prend à réfléchir que cet arc de triomphe sera fagoté de noir comme une porte cochère vulgaire ; qu'au lieu de l'espace libre, de l'horizon, du coin du ciel bleu, de l'air pur dont on rêvait d'environner le front blanc du génie, cela sentira l'étouffé autour de lui, le drap des chapelles banales et l'odeur des feux d'artifices, c'est une désillusion qui vous étreint et c'est un regret vivace.

Ce qui semblait d'une poésie digne de celui qui disparaît, d'une noble et magique idée, c'était de le porter au milieu de nous, de l'exposer tout au haut de ces Champs-Elysées dont le nom évoque la gloire d'Orphée, de laisser partout alentour passer ce vent qu'il écoutait debout sur son rocher d'exil, de lui donner asile un instant au sein de ce que nous avons ici de nature et d'appeler le peuple entier auprès de lui...

Mais non, il y aura des tentures épaisses et il y aura des gardes corrects.

Et lorsqu'on lèvera cet immortel de dessus ce catafalque, — qu'un millionnaire bel et bien pourra s'offrir demain, c'est par des rues mortes, ou qui n'ont pas d'histoire dans ce Paris qu'il connaissait, qui le passionnait, et pour lequel il a souffert, — qu'il s'en ira !

Non, il ne traversera pas la ville où palpite sa mémoire, les boulevards lui sont interdits, on prend au plus court, officiellement.

Il n'aura pas cet honneur d'arrêter pour une heure la vie, là même où elle grouille, d'amener le respect là où il s'obtient difficilement : sa dernière course, il la fera entre des maisons qui ne disent rien, dans un coin demi-sommeillant, devant des ministères, des petites boutiques et des caboulots.

Les bâtisses neuves du boulevard Saint-Germain à celui qui a pénétré l'âme de Notre-Dame de Paris, ce long et morne chemin, ce quartier rempli d'indifférence et de grisaille, sans physionomie ni mouvement, à celui qui a été la force et le labeur tumultueux.

Et pour couronner toutes ces contradictions, ces étranges conceptions de la piété qui voudrait être grande mais qui s'égare, — le Panthéon.

C'est une sépulture auguste qu'on veut octroyer au génie, c'est la paix sereine et grandiose qu'on ambitionne pour ses restes, c'est un sanctuaire qu'on s'apprête à créer à ces débris où tout ce qui est le cœur et la pensée de la nation puisse venir s'incliner avec reconnaissance...

Et pour cette œuvre de justice à accomplir, pour cette œuvre des temps, on se fie au monument qui dit le plus nos oublis, nos vicissitudes et nos misères !

Il est parmi tous celui qui a été mêlé de plus près aux tragédies de l'ingratitude ; il n'a échappé à aucun des bouleversements du passé, — et l'avenir peut-être n'est pas assuré si bien qu'on ne rejette pas quelque jour les os sacrés dans la Bièvre !!

Battu par tous les orages, profané, sous la dépendance d'un décret ou d'un caprice, tour à tour entre les mains de gardiens qui n'ont pas su défendre Mirabeau et de hallebardiers du culte qui ne savent défendre que les petites chaises, le Panthéon est comme une terre de bataille et qui sera disputée éternellement.

Est-ce donc là le refuge d'un poète, est-ce là l'abri vénéré, l'inviolable repos qu'on lui souhaite avec ferveur !

Qu'on porte au Panthéon les tribuns héroïques, les hommes de combat, ceux qui ont jailli de la lutte, dont la vie n'a été que fièvres et tempêtes : vienne un de ces grands coups de surprise, vienne la tourmente, l'injustice est moindre...

Ils ont une mort à l'image de leur vie, ils semblent poursuivre leur carrière au delà, et c'est comme un curieux complément de destinée.

Mais il s'agit ici d'un poète que des vœux unanimes, que l'admiration de tous les partis un instant apaisés désignent pour une apothéose, — sans secousse du lendemain : et celle-là, le Panthéon, tout glorieux qu'il se dresse, peut être impuissant à la lui conserver.

Avec le simple saule qu'il demandait pour la terre où il voulait dormir et où il dort, Musset est mieux gardé que ne le sera Hugo par ces hautes murailles !

Aussi bien, ce qu'il fallait au poète tant pleuré qui a réclamé le char des pauvres, c'est le cimetière pour tous, une place à côté de tous.

Là, c'est vraiment l'immense quiétude, et j'estime qu'il l'aurait été bien davantage dans Paris, bien autrement en communion avec ce qu'il a aimé si au lieu d'organiser ce pompeux étalage de corps constitués marchant à la conquête de ce Panthéon, dont les pierres lugubres horriblement vont écraser l'âme du poète, on l'avait conduit au Père-Lachaise, d'où il dominerait encore.

Ainsi, en trois points, ce que l'on tente de faire

de rare pour le génie qui nous quitte, pêche et nous menace de déceptions cruelles, — tandis que déjà, un monsieur se trouve pour rapporter et vendre les « Propos de table » du Maître !

Oh ! certes, rien n'est de trop pour célébrer celui qui nous laisse là désemparés ; les plus nobles, les plus généreux efforts ne vont pas encore à sa taille...

Je l'écris, je le crois, j'en suis sûr, — et pourtant quelque chose au fond de moi crie que la sainte simplicité aurait été bien plus majestueuse en face de cet immortel mort.

Qu'importe que les affaires s'arrêtent et que la Bourse chôme : le poète n'a rien de commun avec ces choses, il peut les traverser sans en être atteint.

Un respect solennel, une affliction poignante, une douleur pure où n'entrent ni l'apparat ni les exploitations de la rue, voilà seulement le cortège qu'il faut.

Il l'avait le premier jour. Dans la longue attente à laquelle on a condamné ce cadavre, tout cela est devenu aussi froid que le cadavre lui-même.

Maintenant, c'est à une manifestation que l'on court, c'est à un spectacle, peut-être à une mêlée...

O Maître, que n'es-tu parti sitôt que tes yeux se sont clos, accompagné par tes disciples, par ceux que tu as formés et en qui tu as maintenu toujours haut l'amour de la patrie et du Beau idéal.

Parti, comme doit partir le poète, comme lui seul le peut, par privilège, sans traîner à sa suite une foule hypocrite ou profane !

Tout ce vacarme n'est pas pour ceux qui ont chanté ; leur âme n'est pas pour aller au fond des souterrains.

Qu'ils reposent, doucement, au milieu des oiseaux et des roses, et qu'on dépose sur leur tombe une palme verte, une toujours verte, et assez grande pour la recouvrir toute !

LE PRÊTRE

Quoi que Tartufe ait insinué brusquement, —
Hugo n'a pas demandé le prêtre à son chevet.

Les médecins, dont on invoquait hier le témoignage, donnent un démenti fort net : le doute est
levé. Hugo est mort selon sa foi à lui, sereinement,
sans faiblesse.

La mémoire du génie plein de libres pensées
qu'il a été, ne sera diminuée pour aucun de ses fa-
natiques : il est resté bel est bien fidèle jusqu'au
bout aux solennelles vérités qu'il disait.

Il en aurait été autrement que pour moi la question serait légère.

Hugo aurait appelé le prêtre et le prêtre serait
venu ? Eh bien ! ensuite, qu'est-ce que cela prouve,

et tout examiné de près, où serait le triomphe si éclatant de l'Église ?

Il semble que nous attachions une signification trop grande à la présence du prêtre, au moment où sonne la dernière heure, et que ce ne soit pas précisément pour lui une éloquente glorification à rêver, que cette intrusion dans nos angoisses, dans nos affres, dans notre rechute à l'enfance !

Un homme a combattu avec énergie tant qu'il avait la puissance de vouloir et qu'il était son maître ;

Vingt fois il a proclamé son idée, il l'a écrite, il a souffert pour elle, — ce qui est la démonstration suprême, tandis que son sang coulait libre et vivace dans ses veines et que pas une ombre ne descendait sur son cerveau ;

L'œuvre est là, accomplie lentement, le beau qui se dégage d'une carrière si longuement suivie est debout...

Et, en vérité, il suffirait de l'abattement final, de la décrépitude qui marque nos dernières minutes, du coma où se noie le libre arbitre et où périt l'esprit avant le corps, pour anéantir tout cela ?

Le hoquet du moribond qui gît là sans âme ni ressort, lamentable et douloureuse chose, voudrait dire plus que ce cri qu'il poussait dans la pleine possession de lui-même?

Plutôt que de retenir ce que faisait entendre cette pensée vigoureuse et saine, il faudrait croire à ce que balbutie inconsciemment cette pensée atrophiée, dans un corps qui s'en va en miettes.

Allons, qui, sinon le sophiste intéressé acceptera que la façon dont on meurt est tout, que cette seconde où, terrassée par la maladie et l'épreuve on sent en soi se glacer la vie, peut l'emporter sur l'existence entière et sur l'exemple qu'on laisse en arrière!

Si à son lit de mort Hugo avait souhaité voir Napoléon le Petit — c'est ici le comble de la fiction, — j'avoue que je n'en serais nullement bouleversé ni blessé dans mon admiration : il n'en resterait pas moins l'auteur des *Châtiments,* de ces châtiments nés de ses nobles colères et qui sont une des plus saisissantes manifestations de vie que l'on sache.

Victor Hugo, près du râle, laissant entrer le prêtre, cela ne me détruirait pas le philosophe, le chercheur, l'homme de progrès et d'affranchissement qui étaient dans le poète, chantant un dieu parce que les bluets sont bleus et parce que les roses sont roses!

Et de quoi pourrait-il se vanter, ce prêtre? Quel succès pour sa religion? Quel honneur pour son culte d'avoir surpris et chipé une ruine?

Ah! il y a vraiment de quoi s'enorgueillir de n'avoir pu rien sur un homme tant qu'il était un homme et de l'approcher seulement quand il est devenu un misérable débris!

Se glisser dans sa chambre de douleurs, lorsqu'il n'y a plus un éclair dans son œil, ni une force dans sa volonté; venir le prendre inerte, réduit, ombre, — ah cela peut passer pour une conversion et c'est une bien décisive victoire!

Un jour que Hugo était allé rendre visite au duc de Rohan, dans sa cellule du séminaire:

— Quand vous ne voudriez voir dans la religion qu'une philosophie, lui dit le duc, la meilleure de toutes, n'est-ce pas celle qui nous fait heureux du malheur? Vous devriez prendre un directeur.

Le poète, comme le remarque ce témoin qui a raconté si intimement son histoire, passait par une de ces heures de désespérance où l'on renonce à soi et où on se laisse faire; c'était au lendemain de *Han d'Islande*, — Hugo avait vingt et un ans...

Tourmenté, triste, souffrant, il fut sans résistance et se rendit chez l'abbé Frayssinous qui était de mode parce qu'il appelait ses sermons de Saint-

Sulpice des conférences et disait messieurs au lieu de mes frères.

Il commença son rôle de directeur en traçant au poète la conduite qu'il devait tenir :

« — La religion ne condamnait pas les gens à la claustration ni au détachement des choses terrestres ; Dieu ne donnait pas le talent pour l'enfouir, mais, au contraire, pour l'employer au triomphe de la vérité et à la propagation des bonnes doctrines ; un des meilleurs moyens de propager la foi, c'était d'aller dans le monde, d'y répandre la piété par la parole et l'exemple, le succès était une force, il fallait donc tout faire pour réussir. »

Cette religion superficielle, commode, gentille, ne sembla pas au poète le remède dont avait besoin son âme profondément agitée ; et comme la crise durait et comme il ne parvenait pas à se ressaisir, il essaya d'un autre prêtre et choisit l'abbé de Lamenais.

Hugo se confessa, — et son plus grand péché fut d'avoir subi, dans un souper célèbre, les avances de M{ᵉ} Dufresnoy, trop amoureusement décolletée !

Le prêtre ainsi a paru au seuil de la vie d'Hugo sans réussir à influencer son cœur, son inspiration, son esprit : il aurait pu de même figurer à sa sortie du monde sans diminuer ni effacer rien.

Lorsqu'il appelait le prêtre pour la première fois, c'est qu'il n'avait ni sa personnalité ni sa connaissance ; il était dans le vague, et c'est dans le vague encore qu'il l'aurait appelé pour la seconde fois !

Qu'importe ce qui est tout au début et qu'importe ce qui est tout à la fin !

Ce qui compte seulement, c'est l'espace libre entre ces deux extrêmes, c'est l'usage fait des belles maturités, c'est l'œuvre du libre arbitre, ce sont les ardeurs et les croyances de la santé !

Quand le prêtre n'a d'empire et de prestige qu'aux instants de trouble ou d'inconscience, sur la jeunesse qui n'a pu savoir encore et que des mélancolies d'inconnu inquiètent ou sur la vieillesse effondrée et décomposée, — c'est comme s'il n'existait pas, s'il n'était jamais venu.

Sa parole est nulle et sa présence est vaine : il n'est que le fantôme des mauvais jours et des minutes lugubres.

Entre ses deux apparitions, aux points opposés de la vie, lorsqu'il y a de la lumière comme chez Hugo que peut bien nous faire le reste !

Nous avons suffisamment de quoi être fiers et reconnaissants !

RÉVOLUTION DE POCHE

Une seconde révolution se prépare, — dans la Monnaie. Dans cette monnaie qui nous a valu, elle, tant de révolutions. Juste retour des choses d'ici-bas ! On nous annonce cette révolution comme un bienfait, et l'on nous prévient que nous devons être heureux de vivre en un temps qui voit cette grande chose...

Le platine et le nickel se disputent l'honneur de nos poches ; on prétend les alléger et les embellir.

On veut qu'il disparaisse, ce gros petit sou, si gentiment encombrant.

On veut nous ôter le petit sou de bronze cuivré, — cette chose délicieusement incommode qui ap-

partient à notre légende même et que chacun retrouve au bout de ses souvenirs.

J'en tiens pour elle. Oh ! rien de plus morne et
de plus décourageant que ce métal pâle qui s'amin-
cit comme des boutons de gilet, monnaie lamentable qui sent de loin sa contrefaçon belge et sa
pauvreté allemande.

Ce rond de nickel, mais il ne sait ni meubler, ni
sauter joyeusement au fond des poches.

C'est un rond qui laisse le misérable en face de
sa misère et ne prête pas aux illusions.

Avec le sou de cuivre, on en avait plein la main ;
avec le sou de nickel, on reste la paume vide.

O sou du bon temps, sou du vieux bas, sou du
thème latin, sou du dimanche ! c'est fini de rire
maintenant !... tu t'en vas danser avec les vieilles
lunes !

Le sou, c'était le secret des petits bonheurs.

Comme l'écrivait Jean-Jacques, la gaieté est plus
amie des sous que des louis. Pour un sou, on avait
son plaisir dans son gousset, — et sa récompense.

Tiens, tu as travaillé, espèce de mioche, voilà un
sou... ne le dépense pas au moins ! A la fin du mois
tu auras quatre sous, à la fin de l'année quarante-
huit...

Tout une leçon d'économie, pour un sou !

Le sou de nickel ne parlera pas à l'imagination, comme ce petit sou de notre enfance. Il va bouleverser la poésie, l'histoire et le dictionnaire.

Cinq sous de nickel, pour monter notre ménage, représenteront moins que les cinq sous de cuivre, bien réjouis, qui ont encore une façon d'aisance. La Fontaine aura beau dire :

> .....Un sou, quand il est assuré,
> Vaut mieux que cinq en espérance.

Un sou de nickel ne sera jamais pris au sérieux. Le petit Savoyard de Guiraud qui s'écrie :

> Donnez ; peu me suffit, je ne suis qu'un enfant,
> Un petit sou me rend la vie.

demeurera comme Job, avec cette ferblanterie dans sa patte noire de suie.

Et ce ne sera plus un honneur pour les soldats de Randon d'offrir le coco à la payse avec cette pièce-là ! Et, quand on dira de quelqu'un : il n'a pas un sou de dette, il ne faudra plus s'étonner trop et crier au prodige ; le sou de nickel est si laid que ce sera une question de goût. Aucun artiste, j'imagine, ne voudra « paver » avec cette affreuse chose blanche. Après une dure semaine, les petites Parisiennes ne se feront plus propres comme un sou : elle se perdra, cette si jolie expression, et l'on dira désormais, après les nuits de fête :

Tu as mauvaise mine... comme un sou!

Le sou tient au cœur plus qu'à la Bourse. Il a servi et a assisté à de grandes choses, ce petit sou.

Lorsqu'il a gagné ses premiers dix sous, en monnaie, Laffite, le banquier à l'épingle, s'en est allé par devant lui, chantant : J'ai des sous ! j'ai des sous! Et il faisait sauter son billon dans sa poche remplie de toiles d'araignée...

Ces sous massifs, lourds, disgracieux, lui donnaient toute une force, — la conscience qu'il était quelqu'un.

Dix sous de nickel ne l'auraient pas soutenu peut-être pour l'avenir, dix sous maigres, tristes, — malheureux.

C'est par ce sou que Masséna, à Borghetto a été sauvé d'une balle autrichienne, qui l'avait frappé en pleine poitrine. C'est par ce sou qu'on va fondre que de sa prison, en attendant l'échafaud, je ne sais plus quel poète, Roucher, je crois, correspondait avec les siens. Un sou marqué d'une croix, renvoyé chaque soir, signifiait alors : j'ai encore passé la journée...

Enfin c'est par ce sou qu'on pénétrait autrefois à l'Académie. Un rondeau célèbre de revue l'a dit irrévérencieusement. Pour entrer, que fallait-il?

Ni science, ni talent, ni génie.

Tout simplement un petit sou, — pour passer le pont des Arts.

Hélas! pauvre sou, voici que l'on prépare les creusets.

Le sou de 1885 va rejoindre dans le néant de l'hôtel des Monnaies tous les vieux sous de l'histoire, — depuis le sou d'or qui payait l'amende des assassins, depuis le sou fleurdelisé jusqu'au sou de confiance de frères Monneron, jusqu'au sou à bonnet phrygien. Martyrologie du métal!

Le petit sou, lui pourtant, n'est pas un méchant, il n'incite guère à mal; ce n'est que dans les *Misérables* que l'on pourrait voir des crimes inspirés par lui.

Le sou n'a rien à voir avec les passions vives de ce temps.

Il est simple, naïf, rustique.

On a raconté qu'avant de glisser ses louis dans sa bourse de soie, Eugène Sue les faisait nettoyer, savonner, brosser par son valet de chambre, qui, cette toilette rigoureusement achevée, les présentait au maître sur un plateau. Eugène Sue n'entendait pas se commettre avec des louis malpropres ou infâmes.

Le petit sou, lui, n'est au moins jamais chargé d'iniquités...

Il fuit volontiers les grandes villes, et on le retrouve parfois à la campagne, au fond de l'armoire monstre, comme imprégné d'une bonne odeur de labour ou de marché.

Les convoitises qu'il excite ne font pas révolution à la Bourse ; le petit sou de bronze est un sage.

Et c'est peut-être pour cela qu'il disparaît.

Adieu donc, petit sou ! Et puisque je t'ai donné là de l'oraison funèbre, laisse-moi ajouter, au revoir, dans un monde meilleur !

Quelle réforme, n'est-ce pas ?

Malheureusement, ce n'est pas le sou qu'il faudrait réformer. On aura beau le changer de dessein, le découper dans le bronze ou dans le nickel, le rajeunir dans l'exergue ou dans le champ, il est une chose à laquelle toutes les inventions de la Monnaie ne feront rien...

Que le sou soit de bronze ou de nickel, le pain sera toujours cher à un sou la livre, — si l'on n'a pas ce petit sou !

POUR UN MOT

Jusqu'ici on ignorait cruellement quelles pourraient être les pensées d'un rédacteur des *Petites Affiches !*

Personne ne pouvait se vanter d'avoir pénétré ce mystère.

Il était permis seulement de supposer que le rédacteur des *Petites Affiches* est un heureux homme qui se passe d'avoir dans l'esprit les bizarreries phantasieuses et compromettantes d'un Emballeur, ou, au plus, qu'il n'a pas de pensées du tout.

Le vide maintenant est comblé. Nous sommes inondés de lumière.

Le rédacteur des *Petites Affiches* a une pensée. Bel et bien.

Elle est profonde, elle est farouche ; elle est redoutable.

Il la faut considérer. Ce n'est pas, comme on
pourrait croire, une pensée bonne fille, rangée,
méthodique ; une brave pensée, qui se ressent des
plumes d'oie taillées et des manches de lustrine
revêtues à heures fixes.

Elle est féroce, jacobine, intraitable ; elle est
férue de révolution, elle se nourrit aux leçons
et opinions de maîtres — comme Jeoffrin et Ca-
mélinat.

M. Clémenceau aussi la trouverait à son goût ;
de même M. Mesureur, l'homme prodigueur des
débaptêmes municipaux.

Oh ! cette pensée du rédacteur des *Petites Affiches !* tout un monde !

D'ici, il me semble que je la vois en travail, au
fond du bureau à rideaux verts.

— De quoi? de quoi? se dit cette Pensée sublime.
Prince Valdemar? princesse d'Orléans? De ça, aujourd'hui? Des altesses? malheur! N'en faut plus.
Rayons. Au nom de l'Indivisible, qui ne veut plus
que Durand, Dupont et Mathieu. Mettons Monsieur,
— non, M. Valdemar et la demoiselle Chartres. Encore est-ce une concession ; il faudrait citoyen et
citoyenne. — Quoi de plus beau que ces titres-là ?

c'est le peuple qui les donne. Temps d'effacer ces restes de la corruption et de l'esclavage ; temps de reprendre ses droits ; temps d'être des purs !

Qui l'eût cru ? qui l'eût dit ?

Telles sont les pensées ordinaires d'un leader des *Petites Affiches...*

C'est sous l'empire de ces hautes préoccupations qu'est née la stupéfiante bêtise qui vient d'égayer Paris.

Je suis prêt à reconnaître qu'il n'y a pas à tirer trop bruyante vanité de son titre, à une époque où M. Lavedan, du *Figaro*, réussit à se faire nommer comte — comte de Dentifrice, Bottot, Brossette et autres lieux.

Le prestige a pâli quelque peu ; le Gotha a son Golgotha.

Le Mathieu, le Dupont et le Durand, qui meublent et décorent si bien la pensée de notre sympathique confrère des *Petites Affiches* sont au premier rang, par excellence, à celui qui se conquiert et non plus à celui qui se transmet.

Mais cette déclaration des droits et beautés de la roture faite comme il convient, on me permettra de me montrer ravi de ce que la pensée d'un rédacteur des *Petites Affiches* ne soit pas encore devenue celle de chacun.

Elle y gagne d'ailleurs en originalité.

M. Kœchlin-Schwartz, lui, maire officiant du huitième arrondissement, a octroyé carrément aux princes leurs titres d'Altesses. Le républicain n'a pas jugé que la République en serait trahie et compromise du coup, pour un peu de savoir-vivre.

Ainsi que lui, j'estime qu'il n'y a ni faiblesse ni flagornerie à donner de l'Altesse aux Altesses, chez nous, en un temps où elles meurent de ce titre ; il me paraît au contraire que cette attitude n'est dénuée ni de crânerie ni de force.

Il y a là-dessous comme une façon de dire : on peut bien vous accorder cela, c'est tout ce qui vous reste ; il y a de malicieuses condoléances sous cet hommage apparent.

Être prince, cela ne compte plus ; c'est un grand petit métier disparu ; un de ceux que ni Delveau ni Privat n'auraient oublié aujourd'hui dans leurs études et leurs curiosités.

On est prince comme on est docteur, magistrat : mais avec cette différence que dans cet état-là les affaires vont encore moins.

Et ce qui prouve à souhait l'importance médiocre qu'il faut attacher à cette qualité, hier décisive, conséquente, radieuse, déchue à cette heure de tous ses attributs, — c'est que ce prince danois, représenté il y a huit jours à peine comme assuré entre tous d'avoir son oreiller toujours et sa haute stalle, là-bas, au palais des Rois ; comme l'enfant royal et le héros d'une cour paisible, stable, aimée, — demain peut-être en rentrant, apprendra qu'il y a du peuple autour d'Elseneur et qu'un long cri de colère trouble l'ombre d'Hamlet dans son repos tragique et mérité !

Le rédacteur des *Petites Affiches* peut méditer sur ce thème.

Les dépêches qui nous révèlent les troubles auxquels sont exposés ceux qui demeurent encore debout, le rassureront sans doute et le pousseront à se demander ce que peuvent bien espérer, même quand on les appelle Altesses, ceux qui ne sont plus debout depuis longtemps.

Altesse ! — ce n'est qu'un mot.

Avoir l'air de l'ignorer, c'est montrer une trop cavalière ignorance de nos traditions et beaucoup de nos gloires. On ne biffe pas l'histoire, comme la petite femme du *Duc Job* biffe son cheval.

Pour moi je ne sais pas haïr les mots, si dans l'espèce, je ne tiens pas à la chose.

Je ne dirais pas Vincent de Paul, je ne dirais pas

faubourg Germain pour faire pendant au faubourg
Antoine ; je ne dirais pas M. Aumale — ce qui
n'évoque qu'une bien terrible maladie ; je ne dirais
pas M. Paris — ce qui fait rêver à un bourreau
radicalisé !

Ce sont de ces sottes querelles cependant qui
nous occupent — et nous divisent.

On n'est sincère, dans le mouvement, à la hauteur, que si on les épouse.

Entre un brave homme qui jase, qui lutte, qui
se conduit avec équité et sans malsaines passions
et un intransigeant qui prétend avaler la Bastille
tous les matins, on n'hésite pas...

L'intrigant est déchaîné, il arrive, il arrive ;
celui-là au moins, déclarent les bonnes foules,
est un irréconciliable, un pur, un frère, il se ferait
hacher plutôt que de céder d'une syllabe.

Non, il ne cède pas ; non, il n'admet pas qu'on
cède...

Mais si on voulait bien rechercher, on décou-
vrirait son nom au bas des lettres et des adresses
les plus plates ; au bout de ces papiers où les Altesses sont filles du Droit, de Dieu et de la Providence, — et mères de tous les bureaux de
tabac !

Jadis, on combattait pour qu'on appelât un chat

un chat et Rollet un fripon : continuons ce rude
combat.

On peut appeler aujourd'hui une Altesse une
Altesse, — comme on appelle un mort un
mort !

LA GOULUE

Hé! non, parbleu, ô la Goulue, vous n'aviez pas tort de cracher vos engueulements sur vos contemporains !

Je vous ai entendue jurer par le sacré nom de Dieu que tous les hommes sont des arsouilles, et je vous ai vue leur adresser certain geste que vous réussissez à merveille, vous frapper la jambe, et, rentrant les quatre doigts, leur montrer le pouce, — un pouce remuant, charnu et rouge...

Ce geste dit pour vous plus que le plus gros mot, il exprime le comble du dégoût, et le dégoût de votre part, ô la Goulue, cela ne veut pas peu signifier.

C'est très bien : vos contemporains viennent de

démontrer, en effet, qu'ils sont dignes de ce mépris
de barrière où vous les tenez, et vous aviez raison,
la Goulue, de les traiter si mal, car ils sont tous
accourus au théâtre pour essayer de reluquer votre
derrière énorme et se pâmer devant votre mal-
propre gloire.

En foule, ils ont transpiré d'aise, trépigné d'enthousiasme, déliré en vous voyant si crapuleuse...

Et c'est pour vous un beau jour ; vous pouvez
être fière d'avoir jugé tout ce monde comme il le
mérite...

Et vous lui êtes bien supérieure, vous la Goulue,
qui avez conscience au moins que pour vous produire et vous admirer ainsi, il faut être tombé ru-
dement bas ! Les cafés-concerts, ce n'était plus
suffisant.

L'immense fête que l'on fait dans ces entreprises
de mazagran à la suie, de cerises au pétrole et de
charentonneries musicales, à tout ce qui est stupide et vulgaire, ce n'est pas assez encore...

Il fallait fêter aussi ce qui est immonde.

Voici le spectacle que l'on a osé offrir aux Parisiens et vers lequel ils se précipitent : on est allé
quérir un quadrille interlope sur le trottoir et on
l'a jeté gigotant sur les planches !

En compagnie de deux seigneurs baptisés de

noms exquis, M. Vol-au-Vent et M. le Désossé, et d'une charmante ingénue qui jouit, elle du nom de Grille d'Egout, la Goulue, chaque soir, tient le bon peuple et le chic mousquetaire de Paris sous le charme — de l'ignoble.

Mais tout le monde n'a pas, j'imagine, le triste honneur d'être au courant, — il est permis d'ignorer la Goulue à la mode, c'est même un bonheur fort enviable, — et le chroniqueur en renseignant, doit faire saisir l'injure d'une pareille exhibition.

D'un coup, de la boue épaisse, cette fille a été amenée aux lumières, — et à cause de sa boue uniquement.

Elle n'a pas d'autre mission que de représenter a souhait tout ce qui est canaille et sale, et d'attirer les masses par cela seul.

On ne lui demande qu'une chorégraphie grossière et obscène; elle n'est engagée que comme roulure. Ailleurs, il y a de jolies filles auxquelles on donne cinquante francs par mois et de qui l'on exige toilettes choisies.

Elles sont là pour jouer surtout quand le rideau est baissé.

On le sait, ce sont des petites fâmes — oh! les petites fâmes.

Le théâtre qui les utilise met une vague décence dans son exploitation, — elles ont au moins l'apparence de quelque emploi.

Elles ferment la porte, apportent le billet doux, ou disent, en se chiffonnant : Monsieur le duc est bien bon !

Elles ont comme une pointe de piquant, elles conservent un charme, elles « se tiennent », elles savent présenter leurs pêches à quinze sous.

Ici c'est la brutalité, c'est l'ordure repoussante, aimée et produite pour elle-même.

Je me garde d'être dur inutilement ; aussi bien ce n'est pas à la Goulue que j'en veux, mais à ceux qui l'ont sorti de son coin, tirée au jour et fagotée de satin cramoisi.

Ceux-là ont accompli une œuvre mauvaise et qui nous déshonore. Et ce qui me pousse à le constater ici, c'est que, spéculant sur l'avilissement du public, il semble qu'ils aient deviné bien ; c'est que personne, le premier soir, ne s'est levé pour siffler et faire justice. Elle, la Goulue, ce n'est point un mauvais objet.

Elle vit et s'amuse à sa façon. Il n'y a pas fort longtemps, je regardais sa bonne figure adipeuse, tandis qu'elle dansait, dans sa robe noire, un flot pourpré de sang sur sa joue ronde, avec des clignements dans son petit œil brun.

C'était à l'Élysée-Montmartre, dans le vaste hall empuanti ; on se serrait de près pour assister à ce quadrille, déjà célèbre dans « le bécarre ».

Eh ! bien oui, elle était immense, la Goulue, et de haut en bas !

La poitrine entr'ouverte montrait la chemise qui se soulevait comme une de ces toiles qui font la vague au théâtre, et le corset, quoique à peine lacé, craquait.

La jupe se relevait bien plus qu'il ne faut pour recevoir les pommes qui vont tomber de l'arbre secoué.

Du mollet, du genou, de la cuisse, des hanches, du torse, du ventre, des bras, du cou, des cheveux, elle y allait de tout, agitant son linge, sentant la peau suante, tantôt accroupie, tantôt renversée, faisant trembloter sa chair sur ses os, audacieuse, inconsciente, bestiale...

Mais ne la voyaient ainsi que ceux qui voulaient bien.

Elle était à sa place, dans son cadre, effroyablement dans son milieu. Partout dans son existence, autour d'elle, des gens dignes d'elle et des choses.

Les rôdeurs louches et les drôles sinistres ; les tavernes où l'on s'attable en face du saladier fuschineux et les brasseries hideuses.

Elle appartient à la vie du boulevard extérieur ; elle n'est ni plus dégradée ni plus méchante qu'une autre, la Goulue, et je n'ai pas contre elle l'ombre d'une colère.

Ce qui navre, ce qui doit être jugé gravement, c'est qu'on soit allé puiser dans cette fange le nouveau plaisir du Parisien.

En vérité, il n'y avait, il n'y a donc plus rien, pour qu'on soit obligé de descendre à ces turpitudes ?

Prendre cette fille à la débauche éhontée, cueillir précieusement ce quatuor écœurant, le transporter comme une bonne aubaine dans Paris, en plein Paris, afficher qu'à telle heure de la boue sera servie aux bienheureux bourgeois qui ne savent plus aimer et digérer que cela, c'est une idée d'industriel... peut-être.

Mais ce n'est pas une idée française. Et, pour ma part, je ne peux comprendre que Thérésa ait accepté de subir un tel voisinage.

Permettra-t-elle aux détracteurs, aux gens de mauvaise foi et aux imbéciles de s'offrir plus longtemps la joie de s'écrier que si nous en sommes arrivés au point de supporter de pareilles exhibitions sans indignation ni protestations véhémentes, c'est au répertoire des chansons que nous le devons, de ces chansons qui nous ont démoralisés lentement et ramollis.

Non ; qu'elle agisse, qu'elle biffe ces choses d'un trait de plume !

Il lui est interdit, à elle, de laisser s'établir cette confusion, à elle, la grande artiste qui a sauvé la chanson, qui l'a réhabilitée et qui, lorsqu'elle l'a fait jaillir de son cœur, profonde et sonore, plus d'une fois nous a mouillé les yeux avec les larmes saintes de la Patrie !

GAIETÉS FRANÇAISES

Et l'on prétend toujours que le Français est léger, inconstant, incapable de suite dans les idées.

Voici pourtant une éternité qu'on s'en va murmurant cette même phrase que M. Pailleron produisait hier et soulignait précieusement : La vieille gaieté française est morte !

Ah ! c'est une chose décidée depuis des années longues que la vieille gaieté française est morte ! On l'a dit toujours ; nos aïeux le disaient déjà, eux dont nous admirons justement l'esprit et les joyeusetés.

Nous sommes entêtés de cette billevesée ; elle nous tient et nous lui restons attachés bellement... Mais, en réalité, je ne vois pas que nous ayons cessé d'être gais !

Le rire ne nous a pas quittés, que je sache, il est dans l'air encore et sur les lèvres.

Même, il y a progrès : le ridicule ne tue plus, — il fait vivre.

Cette époque n'est pas si noire qu'on veut bien le proclamer, — et c'est rendre trop d'honneur au pessimisme de quelques dandys des lettres que de nous montrer tous endeuillés à leur image.

Non, notre tempérament vivace et alerte ne s'est pas alourdi; non, nous n'avons, à la fin de ces cent ans, ni les mélancolies, ni les découragements de la vieillesse qui s'achève.

Au milieu des luttes où nous sommes engagés, à l'approche d'un compte nouveau ouvert avec le temps, nous gardons cet entrain, au contraire, et cette ardeur qui marquent l'aurore des siècles.

Nous plantons à cet âge, et nous bâtissons. Une sève rajeunie largement circule, un besoin de bataille persiste chez nous, — avec l'enthousiasme et la verve.

Nous ne végétons point dans la stérilité des tristes.

L'activité de cette nation, son effort vers le relèvement et vers le progrès, s'exercent au sein d'une inaltérable bonne humeur. Le mot qui détend est accueilli ainsi qu'il convient; le trait phantasieux trouve sans résistance sa place et son succès; une indulgence prête à s'égayer de tout nous désarme.

Ce peuple est malade, s'est écrié M. Pailleron, et je ne le croirai guéri que lorsque la gaieté lui sera revenue et que j'entendrai résonner encore son rire sonore et clair, comme celui du vieux coq gaulois!

Il se peut que M. Pailleron n'ait pas entendu ce fameux rire de coq aux représentations du *Monde où l'on s'ennuie*; d'ailleurs, j'avoue de la meilleure grâce qu'un rire de coq, cela ne se rencontre pas communément...

Mais que M. Pailleron veuille bien transporter un soir son immortalité au théâtre du Vaudeville; là, il réussira à se convaincre de la vitalité de ce peuple qu'il tue; là, pendant trois heures, il ne verra qu'un parterre de rates désopilées, ce qui, paraît-il, est le comble de la santé pour les peuples.

Au moment précis où M. Pailleron verse des larmes d'Athénien sur notre gaieté défunte — cette pauvre qui ne ressusciterait jamais, je le crains, si nous n'avions que sa veine comique — Paris entier acclame et fait triompher un homme à cause de sa gaieté!

Nous que l'on accuse d'être moroses et couverts de cendres, nous sommes en train de poser Labiche en classique, pour sa philosophie bonne fille, pour son observation dont la finesse réjouissante égratigne, pour son immense diable au corps.

Les théâtres de Paris sont à Labiche; nous autres, nous constituons à l'endroit de ces œuvres nées d'hier une postérité déjà, — et nous les consacrons, et nous les adoptons.

Quelques-unes, d'abord, n'ont pas paru avec cet avantage; autrefois, on est demeuré froid devant leur prodigieuse verve, — et cela en un temps où le peuple devait pourtant se porter bien, selon M. Pailleron, — par la seule raison qu'il n'était pas en République !

Sous l'Empire, on n'a pas applaudi à la gaieté de Labiche comme on y applaudit maintenant. Loin de chasser la vieille gaieté française, c'est donc la République où nous voici qui la comprend, la recherche, l'encourage ; c'est elle qui a pénétré tout ce qu'il y a dans le rire de Labiche et qui l'illustre.

La grosse figure navrée que M. Pailleron s'est composée pour se présenter aux yeux augustes de M. le comte de Paris ne doit pas être prise au sé- rieux. Il sait comme moi que la consultation don- née naguère par le docteur Rabelais n'est pas perdue.

Quand M. Ludovic Halévy sur le tard tombe dans les idylles et se confectionne de douces émotions sur mesure académique, la galerie ne laisse pas échapper cette occasion de se distraire un brin.

Quand M. Pailleron s'essouffle à jouer au Juvénal sur le dos du petit « Machiavel des Batignolles », la galerie conserve encore, quoique M. Pailleron déclame, assez l'amour du sourire pour s'amuser de cette prétention.

Quand les meetings organisés farouchement par Louise Michel finissent comme celui d'hier, salle Molière, sur cet air de la *Réunion publique*, étourdissante farce d'Émile Pessard : aboulez la quête ! la galerie est hilare, et son hilarité fait bonne justice.

Nous n'avons pas égaré l'art de saisir les travers et de nous en divertir. Il ne faudrait pas s'y fier.

Assurément cette gaieté ne mène pas un bruit retentissant. Elle est moins tambourinée, — moins officielle : mais je l'aime mieux ainsi.

Cette gaieté pleine de clameur, partout affichée, convulsive, épileptique, qui a marqué l'Empire, ne montrait qu'un rictus.

Alors on vivait gai. La France était gaie comme une folle.

La loi courait et s'imposait d'être gaie. On était
gai — par ordre...

Et tout cela a fini par un sanglot. Pour un peu
la France mourait ainsi que Pierre l'Arétin, — en
un éclat de rire.

A cette colossale sarabande, beaucoup préféreront l'excessive réserve.

Pour ne plus se tordre, aux carrefours et dans
les palais, la gaieté française n'en est pas moins :
j'ose croire qu'elle est d'avantage.

Elle continue de chercher des sujets — tout
comme le comte de Paris : mais elle a cette supé-
riorité d'en trouver...

Retenue et discrète, elle se maintient en chacun,
et elle est celle qui sied à un peuple qu'aucune passion mauvaise ne surexcite, qu'aucun despotisme
n'exploite.

Nous serions à cette heure dans l'esclaffement
d'avant la déroute, il n'y aurait en masse dans
Paris que les Gens de la Noce, qu'on aurait en vérité quelque droit à traiter ce peuple de malade...

Mais nous sommes délivrés par bonheur de cette
gaieté de commande qui cache mal l'angoisse.

L'essentielle nous l'avons : celle qui réconforte
et qui abrège les chemins ! celle de l'ouvrier à l'œuvre et du soldat en marche, — avec une chanson.

UN CHEVALIER

Mon Dieu, oui, elle y était, la baronne d'Ange, la vieille! Elle s'est glissée à travers ce bal de l'Hôtel de Ville, magnifique de cœur et de luxe généreux; mais qu'importe?

Cette mince aventure ne vaut pas d'être relevée; dans les fêtes qui étalent, comme la fête d'hier, tant de pures inspirations, et qui sont d'un si bel élan, que peuvent signifier l'intrusion d'une indigne et son vice outrecuidant?

Ce n'est pas là une tache, c'est un accident que pallie l'immense charité, qu'elle efface et rachète.

Aussi, je n'insisterai pas comme ont fait des confrères sur la présence en ce bal d'une auda-

cieuse fille. Ce qui mérite un peu d'arrêt, c'est
l'aplomb du cavalier qui l'a osé produire.

J'ai comme une idée que ce prodigieux gentle-
man n'est point un de ceux qui bravent : je le vois
plutôt parfait imbécile, farci de belles pensées,
bourré de chevalerie.

Cet homme-là doit être de ceux qui répètent
avec un lyrisme béat le vers du poète : il s'écrie,
sans doute, avec une noble effusion d'âme :

Oh ! n'insultez jamais une femme qui tombe!

Il susurre, lui aussi, qu'il ne faut pas frapper un
monstre, même avec une fleur.

Ce type est plus courant qu'on ne pense; il s'entête dans cette friperie poétique, il se paie de
splendides banalités, il se gonfle à ces roucrons
d'une fausse et balourde sentimentalité : et au de-
meurant, il est, à vrai dire, le fléau.

Il est ce qu'il faut combattre à outrance, cet
homme qui affiche des pardons aveugles, qui se
pare de mille vertus, qui se pique d'être meilleur
de fond en comble.

Avec toutes ses prétentions chrétiennes planant
dans le serein bleu au-dessus du pauvre monde
qu'il ignore, c'est un exemplaire « gaffeur » et,
voulant faire l'ange, il est, en réalité, cette bête
que disait Pascal.

C'est une étrange aberration de ce temps qui
marche, s'affranchit et vise droit au but, que ce
culte où nous sommes du lieu commun psychologique.

Proprement, nous demeurons les prisonniers
d'un tas de préjugés qui passent pour de sublimes
et élevantes pensées.

Nous ne pouvons secouer le joug de telle tirade
apprise stupidement par cœur, de tel alexandrin
classique, avec lequel on nous a bercés et qui, gros
de merveilleuses inepties, de mensonges, d'illu-
sionnements, nous revient à l'esprit et aux lèvres,
mécaniquement.

Nous sommes les dupes de ces souvenirs ; nous
nous offrons à bon compte cette jouissance de
nous dorloter avec des phrases, et nous sommes
fiers lorsque, à l'exemple de Musset, un vers d'An-
dré Chénier chante dans notre mémoire...

J'ose dire que je suis pour qu'on s'extirpe cou-
rageusement ces billevesées du cerveau.

Il est difficile de s'imaginer le nombre des victimes qu'ont fournies ces pompeuses déclamations. Il n'y a pas que le cabotin qui parle par
bribes rimées : il y a nous tous, les bourgeois, qui
nous faisons un honneur de servir çà et là la petite citation qui donne du vernis.

Plus cela est creux, plus cela rebondit dans le vide, plus cela plaît et sourit.

C'est avec le néant superbe de ces vers de poète qui nous sont logés dans un recoin de l'intelligence que nous décidons des choses.

Si l'on voit un tas d'honnêtes gens faire montre d'indulgence pour d'atroces gredins, c'est qu'ils en sont toujours à murmurer, les yeux clos, la machine de La Fontaine pour Fouquet, dans les *Nymphes de Vaux :*

> Et c'est être innocent que d'être malheureux !

Les uns font profession d'être intraitable pour une pauvre femme qui a failli parce qu'ils « se montent le coup » avec cette perspective tragique :

> C'est Vénus tout entière à sa proie attachée !

Les autres, à cause de ce vers de Hugo que je citais plus haut et qui les persécute, n'ont pas assez de miséricordes mal placées et de tendresses ridicules.

Dans les deux cas, c'est cet extrait de tirade, c'est cette néfaste obsession « des auteurs » qui mène à l'excès.

On prend à ce système des sentiments tout faits ;

on se grossit d'idées qui ne tiennent pas debout,
on se forge tout un monde factice, — qui croule au
premier choc.

Je sais bien que c'est en se répétant sans trêve :
Tu Marcellus eris que les Jérôme Paturot arrivent
à une position sociale ; je sais que citer M. de Tocqueville ne nuit pas aux petites sous-préfètes.

Mais je n'en tiens pas moins pour l'absolu abandon de ces colifichets classiques.

Lorsque, pétri de belles utopies, bondé de ces
admirables illusions que le poète prodigue et que
la vie marchande, on entre dans la brutale action
des faits, lorsqu'on approche le combat d'existence
avec pour tout guide, tout refuge, toute arme,
cette phraséologie éthérée — la déception est
cruelle ou redoutable la sottise.

Plus ou moins en masse, nous sommes atteints
par cette Éducation sentimentale qu'étudiait Flaubert.

La sagesse de l'avenir, la force vraie, la pru-
dence consistent à se dépouiller de ce clinquant.

Mieux vaut se plonger vite et net, irrémédia-
blement, dans la connaissance des choses et accepter la vie sans phrases.

Je hais les sophismes et les bafouillages roma-
nesques.

Le lamentable état de justice où nous avançons procède en ligne droite de cette facilité avec laquelle nous adoptons et retenons ces lambeaux de littérature.

Voici le cas de Mlle Lucie Nicard, par exemple. Elle a voulu tuer bel et bien; il n'y a chez elle ni hérédité, ni subite folie; elle a acheté avec sang-froid un petit revolver; elle a tiré; l'autre, par miracle, a échappé.

— C'est parfait, prononce le jury; c'est à ravir, dit le public. Pourquoi?

Parce que Mlle Nicard profite des *Scènes de la Vie de Bohème*, parce qu'elle se greffe sur Mürger, parce qu'elle évoque Mimi et parce qu'elle est Musette.

Mimi et Musette, — ô le doux et cher attendrissement! ô la chanson! ô l'idéal appris autrefois et aimé.

Il n'en faut pas davantage : c'est-à-dire que la notion de ce qui est vous échappe, et que c'est l'imagination qui juge.

Je suis pour qu'on descende de ces hauteurs fantaisistes.

Je suis pour qu'on fasse table rase de ces ressouvenirs décevants.

A la poésie qui peut inviter un homme à exhi-

ber, sous prétexte de noblesse et de grandioses
actions, une femme comme celle dont il est question, ne vaut-il pas mieux préférer le plus mauvais morceau de prose qui l'éclairera sur cet objet
et qui commande carrément de le laisser croupir
dans sa boue !

UN HOMME HEUREUX

Qui n'est prêt aujourd'hui à jurer que M. Georges Ohnet est un homme heureux !

Très heureux.

Trop heureux.

Il a pour lui les dieux, les faits-diversiers, Maxime Dubreuil et Jean de Paris, les sous-secrétaires d'Etat et les petites bourgeoises.

A rien ne sert la plume toute trempée et grosse jusqu'au haut du bec d'un venin doctoral de M. Jules Lemaître.

A rien la protestation légitime des écrivains, des artistes, des convaincus contre ce succès prodigieux né de nos pitoyables veuleries.

Fonctionnaire militant, M. Ohnet a été décoré

13.

par la République. Sans talent suffisant, il absorbe à lui seul les éditions et les centièmes :
chacun de ses produits fournit une carrière sans fin.

Il donne à ravir le spectacle d'un homme envié
et qui n'a que le hasard et la réussite pour expliquer cette envie : car il ne viendrait à personne
l'idée de le choisir pour modèle, si ce n'est pour
un modèle de chançard... Eh bien, tout cela n'est
pas assez encore !

Ni ces volumes entassés, ni l'amitié de M. Paul
Ollendorff, ni ce ruban, ni l'exquise grâce de
Mme Jane Hading, ni le *Pays*, n'ont suffi à son am-
bition et son apothéose.

Voici que de nouvelles gloires vont à lui, voici
la consécration immense; nous n'avons plus qu'à
nous incliner très bas, et à supplier le ciel de
nous mettre à l'improviste, par un miracle de
faveur, au milieu des épaules, cette chose bienfai-
sante et protectrice qu'il a octroyée à son immuable favori.

Cette ultime belle aubaine qui vient trouver
M. Georges Ohnet à première vue paraît de mince
importance ; je soupçonne fort même qu'il est
bien des gens auprès de qui elle a passé inaper-
çue, — car elle ne vient pas précisément de très
haut.

Mais il était écrit que rien de ce qui est de près ou de loin glorieux ne serait étranger à ce mortel béni.

La première bonne fortune qui lui échoit, ô merveille, — c'est d'un fait-divers qu'il la tient! Vous avez lu; — cette misérable chose elle-même concourt à sa grandeur.

Le fait-divers, qui l'eût cru, apporte sa couronne.

Le coin des chiens écrasés a voulu manifester, lui aussi, — il a manifesté, et cette humble offrande doit singulièrement aller au cœur de cet illustre blasé.

C'est la petite fleur bleue qu'offre le pauvre.

Il y a trois jours, Paris découvrait avec surprise, entre un accident et un suicide, le cas délicieux d'une belle-mère qui, d'un coup de revolver, a couché raide son gendre par terre. Ce petit drame, conté en vingt lignes, est une des plus jolies trouvailles de la fortune.

Elle a jugé qu'il fallait varier ses cadeaux et relever ses bienfaits, dont l'accumulation devenait banale, par un peu d'ingéniosité, — et elle a imaginé ce coup-là.

— Que me reste-t-il à faire, a-t-elle demandé un matin, pour bien montrer à mon bon chéri que

je m'occupe toujours de lui? quel raffinement lui
dira mes sollicitudes, quel trait de génie ma tendresse?

Et alors, soudain, la fortune s'est souvenue
qu'en recevant le manuscrit de *Serge Panine*,
l'éditeur Paul Ollendorff s'était écrié en présence de quelques fidèles triés sur la devanture :

— J'ai acquis un chef-d'œuvre, messieurs, un
pur, c'est du Balzac?

Cette noble parole avait besoin terriblement
d'être appuyée; à cette vérité jaillie d'un cœur
ardent, il fallait ajouter une preuve éclatante; la
Fortune a pensé qu'elle ne pouvait rien offrir de
plus agréable à son Benjamin, déjà comblé, que
cette démonstration nécessaire...

Et elle lui a expédié le fait-divers en question.

L'action de ce fait-divers est incalculable; il
amène une quasi-révolution dans les entreprises
de M. Ohnet, — je ne mets pas ici l'histoire, parce
que les gens heureux, eux non plus, n'en ont
pas, —sans avoir l'air d'y toucher.

Pour beaucoup, en effet, à partir de cette heure,
M. Ohnet n'est plus l'Ohnet que nous avons
connu...

Il y a progrès — et progrès au lendemain de la *Grande Marnière*, c'est un rêve, une colossale aventure, une énorme et stupéfiante affaire.

Hier encore, c'était l'avis unanime que M. Georges Ohnet est, jusqu'au comble, dénué de toute invention, que ses personnages sont de chair molle, qu'une chiquenaude suffit pour les abattre.

On s'entendait au moins sur ce point que la convention la plus morne règne dans ses papiers, que là on n'observe rien, sinon l'art de vous plonger dans l'ennui profond ; que toutes ces productions se traînent dans le plus lamentable convenu, que ces types sont invraisemblables, faux, usés comme un sols...

Eh bien, non !

Mille fois non.

Il s'agit de s'exécuter d'une amende honorable. Le fait-divers nous dessille les yeux.

Maintenant personne ne s'avisera plus d'accuser M. Ohnet d'accommoder les restes en chambre, et l'éditeur triomphe. Du Balzac ? Je vous crois.

Osera-t-on prétendre encore que M. Ohnet n'a pas du Balzac en lui ? *Serge Panine*, que nous considérons uniquement comme le moins méchant ouvrage de M. Ohnet, c'est le Livre.

Non seulement, pour emprunter aux réclames

chères leur jargon, l'auteur a su joindre dans cette
œuvre à une intrigue mouvementée l'intérêt le
plus dramatique, mais de par le fait-divers il a fait
vrai, *vrai*, VRAI.

Et non seulement il a fait vrai, mais il a prouvé
qu'il possédait à un degré peu commun ce don de
divination, cette puissance de seconde vue qui ne
caractérisait jusqu'ici que « le père » de la Comédie
humaine!

L'événement l'a établi sans conteste possible, le
fait-divers a parlé. Et quand le fait-divers s'en
mêle, il enfonce Feringhia.

Du coup, voilà M. Ohnet classé, coté dans les
annales du roman expérimental, lui!

Demain, je m'attends à une autre révélation,
— il faut être préparé à tout, après cela : quelqu'un assurera que M. Ohnet lit régulièrement,
avant déjeuner, une page du Code, comme Stendhal, pour se confectionner un style précis, —
et on le croira, même si M. Ohnet continue d'é-
crire.

Quel poète chantera comme il convient l'étoile
rare qui luit sur M. Ohnet. Qu'a-t-il, que faut-il
avoir pour mériter de pareils bonheurs?

Sévèrement jugé par la critique, en première
page, il trouve un petit piédestal au milieu des

faits-divers. Pour lui, ceci ne tue pas cela.

C'est un lugubre endroit que celui où fonction-
nent les reporters ; on ne soulève là que misères
et douleurs, les gens qui y figurent n'en sortent
que ruinés, éclopés, mourants. — M. Ohnet en sort
radieux.

Dans cette sinistre officine, il se déniche encore
un succès, — et combien incroyable !

Parvenir par les faits-divers à un échelon qui
vous semblait défendu, se laver grâce à eux des
plus justes accusations, arriver par eux, et en un
tour de main, où Balzac lui-même n'est arrivé
que sur le tard, un tel destin n'appartenait qu'à
M. Ohnet.

Il doit y avoir, là-haut, un Gaston Vassy qui
veille sur lui.

Pour moi, ébloui, je ne sais comment célébrer
tant de félicités.

Ah ! cher maître, cher maître, cessez de vaincre
ou je cesse d'écrire !

L'ÉCOLE DE SAINT-LAZARE

Le théâtre cette année a été occupé par trois filles qui, en vérité, sont de grande marque, et avec les malheurs desquelles on veut soutirer nos larmes.

Mais ni Georgette, ni Sapho, ni Marion, avec qui on prétend m'intéresser ou m'émouvoir, n'éveillent en moi une pitié. Je l'avoue.

Elles sont trop lancées, trop de la haute, trop célèbres.

Elles savent à merveille leur métier, et elles savent aussi l'art de l'enguirlander.

Quand elles parlent, elles ont des euphémismes, elles parent leur dégradation de jolis mots ; elles écrivent, — et leurs billets ont une saveur athénienne d'hypocrisie et de roublardise.

Je me reconnais en toute sincérité incapable de m'attendrir sur cette belle corruption que rien n'explique ni ne faitpardonner, sur ces douleurs qui s'exhalent dans la perfection.

Et, à toutes ces nobles, spirituelles, et raffinées drôlesses, je préfère hardiment, — la pauvre espèce qui est stupide comme une oie et triste comme elle.

Celle-là amène en moi quelque amère commisération ; celle-là est à plaindre, l'obscure rôdeuse qui est une bête de somme dans le plaisir et dans la honte.

Je me moque de Georgette qui a épousé un noble vieux plein de titres ; de Sapho qui a eu les honneurs de la sculpture et de la poésie de son temps, et qui en a gardé une attirance ; de Marion qui a eu les deux Brissac.

> Le cardinal lui-même,
> Puis le petit d'Effiat ; puis les trois Sainte-Mesme,
> Puis les quatre Argenteau.,..

C'est à Saint-Lazare qu'elle va, ma pitié. C'est au troupeau lamentable, c'est à la masse confuse des déshéritées véritables, qui ne savent ni faire de l'esprit, ni tourner le poulet, ni chanter, ni enjôler avec des soupirs, et qui font leur navrante besogne imbécilement.

Leur misérable ignorance est leur gage de pardon, — et c'est pourquoi je ne reçois pas, pour moi, avec enthousiasme, cette nouvelle qu'on s'apprête à créer une école au sein de la lugubre prison.

Oui, la préfecture de police montre aujourd'hui qu'elle ne pense pas, comme le bonhomme Chrysale, qu'une femme en sait toujours assez. ·

> Quand la capacité de son esprit se hausse
> A connaître un pourpoint avec un haut-de-chausse.

C'est la connaissance approfondie des pourpoints et des hauts-de-chausses qui, précisément, mène à Saint-Lazare ; c'est parce qu'elles ont borné leur savoir et leur vie même à les accueillir, au hasard, tout autour de la lampe à globe rosé, posée près de la fenêtre, qu'elles en arrivent de la sorte à croupir.

Secouer ces torpeurs ; éveiller, comme chez les enfants la pensée chez ces femmes, dont quelques-unes ont déjà vécu tout ce qui use ;

Débrouiller leur jargon qui est la langue du vice pour les faire revenir au b-a — ba ;

Les reprendre à l'origine, et donner quelque lumière à ces flétries qui, par un singulier bouleversement, n'ont plus de vierge, — que l'intelligence.....

C'est une œuvre élevée, sans doute...

Le spectacle de ces cours sera à la fois curieux et attendrissant. Voit-on ces élèves bouffies et poupines, suivant de l'œil la main qui trace des bâtons sur le tableau ?

Cela ne s'étonne plus de rien, cela jure par toutes les ignominies de l'alcôve, — et cela demande *pourquoi ?* — ainsi que les bébés. Une si belle ignorance est touchante : elle rend indulgent.

Quand chez certaines filles, roulées dans les plus lamentables bas-fonds, cyniques, hideuses de chair grasse, je retrouve la bêtise, l'idiotie placide et l'inconscience, je me sens désarmé.

Je préfère cette énorme vente du corps sans une ombre de chic, d'instruction, — de civilisation : la fille-machine, celle qui va partout, — comme le *Petit Journal*, par habitude et métier ; qui reste la bête irresponsable et grossière, cette fille-là est la seule sur qui je puisse m'apitoyer.

Plus elle se façonne, plus elle met d'orthographe, d'histoire, de géographie et d'arithmétique, dans son commerce, plus elle se dégrade. C'est alors un affreux produit.

Rien d'écœurant comme la prostitution qui écrit comme Mme de Maintenon, qui met les points sur tous les *i*, et qui citerait à l'occasion M. de Tocqueville dans les soirées du *Monde où l'on s'amuse !*

Je suis fermé à toute émotion quand je vois « ces pauvres femmes qu'on ne doit pas frapper, même avec une fleur », tomber avec esprit, brio et littérature, dans la boue d'or.

Elles l'ont positivement voulu, je m'en bats les yeux.

Mais pour le trottoir humble, pour la chambre garnie, pour le vice qui confond autour avec alentour, et méconnaît ensemble tous les participes, une charité me vient.

Je voudrais qu'on n'ôtât rien aux excuses que ces infortunées peuvent invoquer : leur donner un peu d'instruction et de discernement, c'est les condamner au plus juste dédain.

Certes, l'idée est généreuse, humaine, moderne par conséquent, de tirer ces filles des ténèbres. Je l'ai dit et je me plais à le répéter encore.

Mais espère-t-on qu'un peu de grammaire de plus, que des notions sur Clovis et Tolbiac, sur l'Italie et sa forme de botte, sur les quatre opérations et leurs preuves serviront à la moralisation définitive de ces terribles pensionnaires ?

Ici surtout, il y a le pli pris, et cette fameuse nostalgie de la boue sur laquelle vivent des générations d'écrivains.

Je me doute que ces filles, en sortant des classes
de l'institutrice, n'y auront gagné qu'à écrire
moins sauvagement : Je t'attends chez moi, mon
beau brun ?

Quel avantage pour la vertu ? Celles qui savent
lire continueront à dévorer le feuilleton, à midi,
quand elles sont libres et qu'elles peuvent tran-
quillement en griller une ; les autres, celles pour
qui les machines imprimées sont mystères, ne se
jetteront pas, pour quelques leçons, sur les livres
de l'éditeur Mame.

On ne sait pas si elles ne courront pas tout droit
aux carnets mondains, aux Echos « bécarres » où
le demi-monde est célébré, vanté, chanté sur tous
les tons.

Là, entre les lignes, elles apprendront l'art de
déplumer en grand tous les pigeons du Gotha et
tous les serins du d'Hozier ; et, un matin, de douloureuses et pitoyables bêtes du plaisir qu'elles
sont, elles deviendront les pieuvres fines qui vous
sucent l'argent, l'honneur et la vie à tous pores !

Je ne demande pas mieux que d'espérer cette
haute guérison par la grammaire, mais l'école de
Saint-Lazare ne me semble pas une thérapeutique
suffisante.

Quant à orner Paris de filles qui liront et comprendront le *Lac*, de Lamartine, le besoin ne s'en fait pas sentir.

Combien, — même pour elles, vaut mieux ne rien comprendre du tout ! passer à travers leur infamie avec le souverain aveuglement et exercer simplement, par fatalité, leur état.

Si elles voyaient clair dans leur abaissement, elles rentreraient dans la fosse des plus viles.

Tandis qu'ainsi, misérables, jetées dans la bourbe sans avoir eu au cerveau cette étincelle dont parle Heine; instruments, fonctions, exercices d'hygiène, sans pensées, ni volonté, ni caprice ; ramenant tout à l'homme, passivement perverses, elles appellent sur elles la pitié immense.

Elles sont les opprimées et les victimes, — de celles dont on dit au moins, au milieu des luxueuses hontes de Paris : les pauvres femmes !

LE PETIT ACTE

La censure vient de prononcer l'interdiction d'une petite pièce en vers que nous promettait un des théâtres du boulevard.

La petite pièce, il est inutile de le dire, n'est point risquée : on n'interdit plus pour cause de légèreté ; c'est le vieux jeu.

Si cet acte a été biffé au crayon rouge, — ce n'est pas qu'il aurait choqué le bon public et hérissé la salle d'éventails déployés.

Non, en vérité, cela ne se fait plus, de prendre souci du respect dû à nos femmes, et les rigueurs d'en haut ne s'émeuvent pas pour si peu.

L'œuvre condamnée a le tort grave de ne piquer ni les curiosités mauvaises, ni les fantaisies gaillardes.

14

Elle est tout sincèrement patriotique, — et c'est un crime.

Il est question, là, de nos douleurs, — et cette simple évocation, tragiquement poignante par elle-même, est de nature, paraît-il, à créer au gouvernement d'inextricables difficultés.

On ose rêver là à l'espérance, — et c'est défendu.

Certes, je ne suis pas pour les manifestations au coin du quai ; le patriotisme qui braille aux carrefours, qui débite sur le trottoir des papiers louches, et aveuglément revendique, est peut-être bien pour justifier le proverbe : Près des lèvres, loin du cœur.

Nous n'avons que faire de ces exagérations malsaines ; l'homme en qui vibre le souvenir profond et triste s'en éloigne ; il garde pour lui, — pour les siens, pour demain, ses résolutions et sa foi, et se tient à l'écart des bruits vains, des fanfaronnades et des entreprises où se diminuent les grandes pensées.

Nous repoussons avec énergie les provocations et les imprudences stériles ; l'idée de Patrie n'est pas pour être exploitée par le camelot, par le crieur du boulevard, par le sandwich de la rue du Croissant.

Le véritable patriote, celui que les mots effrayent

et que la chose trouvera toujours debout, rejette toute solidarité avec les marchands de tricolore.

Mais il s'agit ici d'un poète, et, en dépit de toutes les pures théories, des impassibilités olympiennes ; en dépit de la censure et du Parnasse, je suis avec le poète qui chante et qui pleure pour le pays.

C'est son rôle, et c'est le plus beau.

Contrefait, louche et boiteux, il s'élève comme Tyrtée.

C'est lui, le poète, qui sanctifie le deuil et qui jette un rayon de lumière sur les débris.

Depuis quand, écrivait Musset, la pensée ne peut-elle plus monter en croupe ?

Depuis quand l'humanité ne va-t-elle plus au combat, son glaive d'une main et sa lyre de l'autre ? Puisque le monde d'aujourd'hui a un corps, il a une âme : c'est au poète à la comprendre au lieu de la nier.

Depuis quand ? Depuis aujourd'hui.

On choisit l'heure navrante précisément pour imposer le mutisme à celui qui doit redresser les cœurs et les courages.

Lebrun et Chénier ont été les poètes immenses de la Révolution ; nous avons eu des poètes pour l'effort vers la liberté et la fraternité ; des poètes aussi pour la gloire : et nous ne devons pas avoir de poètes pour le malheur, — quand c'est dans le malheur surtout que le poète est nécessaire et secourable !

Un grand peuple comme celui-ci sans poète pour le ranimer et l'entretenir dans son orgueil et sa confiance ! Est-ce possible ?

Un pareil silence, ajouté au recueillement et à l'effacement qui font la décadence, comme le disait éloquemment M. Jules Ferry à la tribune, — c'est une morne et lamentable perspective.

Parbleu, on ne parlait pas de complications au lendemain de l'année terrible, quand de toutes parts les poètes se levaient.

Des odelettes guerrières poussaient fièrement ; on murmurait des strophes ; on répétait des poèmes où passait une flamme ; l'inspiration courait çà et là, indomptable et hardie.

Le livre, le théâtre, la brochurette étaient, à la nation, des larmes et un sourire pour demain.

Maintenant, il s'agit de se coudre la bouche, de se mettre une sourdine au cœur ; maintenant, le moindre regard en arrière est interdit, le moindre regret aux morts !

Eh bien ! je prétends que cette invite à l'oubli est grosse de dangers et menaçante pour l'avenir.

Parce qu'un peuple a des poètes qui d'aventure

se plaisent à entonner autre chose que l'hymne à Nana et à soupirer d'autre romance que celle du Bel oiseau bleu, — le feu, j'imagine, n'est pas aux quatre coins de l'Europe.

Nous ne songeons pas à mal, parce qu'il y a sur le Rhin des poètes qui célèbrent le Rhin, parce qu'il y a en Angleterre John Bull qui aime l'Angleterre.

Rien de plus naturel et de moins compliqué qu'un Français aime la France et la chante lorsqu'il sait chanter.

Même, ce serait à désespérer, si personne ne surgissait, malgré toutes les censures, si l'on se bouchait les oreilles quand, de sa voix si troublante et si majestueusement grave, Thérésa dit un épisode d'hier ; quand Déroulède fait sonner le clairon ; quand l'auteur d'*Amhra* ressuscite les vieux Gaulois dans son vers robuste et mâle.

L'auteur d'*Amhra*, le poète Grange-neuve, dédiait, au lendemain des représentations de l'Odéon, sa pièce à son père, soldat, frère de soldat, de qui le père, soldat, eut quatorze frères soldats et qui, pendant les désastres, avait ses quatre enfants soldats !

À la bonne heure ! Voilà le patriotisme comme il le faut, voilà l'exemple, voilà l'inspiration !

14.

Si le beau et noble pays que nous sommes n'avait pas de ces coups de cœur-là, si dans le choc des ambitions médiocres, des égoïsmes et des intérêts, entre temps ne retentissaient pas des paroles comme celles-là, — nous serions de bien pauvres gens !

La France muette !

La France s'inquiétant, parce qu'un de ses enfants a le verbe haut et l'âme haute ; la France vouée à tous les hasards, parce qu'ici un couplet s'élance et parce que là on met en scène, dans un petit acte, des hommes qui refusent à croire que tout en nous est desséché et amoindri, — que spectacle, quel horizon !

Non, encore une fois, nous répudions ceux qui font commerce avec le patriotisme. Ils ne comptent pas, ils sont rayés ; mais qu'on laisse les poètes accomplir leur œuvre !

Elle est indispensable et sacrée.

Mauvais ou bons, les poètes de la Patrie doivent être considérés, car la source où ils puisent est immortelle.

De même qu'on pardonne tout à ceux que Lamartine a montrés enivrés du fanatisme de la liberté, de même il faut être miséricordieux à ceux qui s'enivrent de la sainte rage de la Patrie.

LA MUSIQUE DE TARTUFE

Les cheveux longs et châtains courant sur la
nuque ; le front vaste, les pommettes saillantes,
les yeux profonds et remuants, le nez affiné, le
menton court et glabre, — c'est Massenet.

Il a l'air éternellement las ; sa tête penche.

De toute sa personne se dégage un parfum de
mysticisme. Il parle avec mesure, et parfois psal-
modie.

Il marche le regard dans le vague.

Jeune, il a rêvé d'entrer dans les ordres ; il conserve le respect et le culte de la sacristie.

Elle l'attire ; il lui confie sa chimère, il s'en
laisse imposer par elle.

D'instinct, il plonge dans la légende sainte ;

l'encens l'étourdit, et il met des anges dans sa musique.

C'est un religieux passionné pour la religion parce qu'elle lui monte à la tête.

L'oratorio et le cantique seyent à son talent.

Il a donné dans *Marie-Magdeleine* une superbe et sereine pensée chrétienne ; dans sa *Vierge* court un frisson céleste.

Chaque fois qu'il a demandé à l'Eglise le secret de sa poésie et de son empire troublant, l'Eglise lui a porté bonheur. Dans *Manon*, il a rendu l'harmonie mystérieuse de Saint-Sulpice avec un art qui pénètre ; dans le *Cid*, l'apparition de Saint-Jacques se développe au milieu d'un morceau admirablement sévère et élevé.

Son œuvre est, dans l'ensemble, au dernier point catholique : elle recèle une piété, elle dénonce des ferveurs et des élans de foi — et voici pourtant qu'en sacré lieu on la réprouve et la condamne.

A propos d'*Hérodiade*, S. Em. le cardinal Caverot, de Lyon, lance une lettre qui va écarter de Massenet les fidèles.

Le cardinal se déclare scandalisé et blessé de ce qu'on ait osé montrer un saint Jean-Baptiste qui ne soit pas strictement selon l'Evangile. Cet odieux

travestissement le fait déborder de colère épisco-
pale, et il invite son troupeau à repousser cette
coupe d'or, — qui est empoisonnée.

Pour avoir dit les angoisses et les luttes de Jean,
soudainement épris de Salomé, dans ce troisième
acte où la passion est si grandiose et si ennoblie,
Massenet, à cette heure, est confondu dans un
même désaveu avec certains hommes de la part
de qui il y a, paraît-il, comme une sorte d'entente
secrète « pour faire servir les arts aux entreprises
dirigées contre le christianisme ».

Il peut s'en consoler avec Vereschagin, qui a eu
l'audace de peindre la famille de Jésus : mais en
vérité l'Eglise ne sait pas reconnaître les siens !
Quoi ! mis en interdit ce Massenet que nous nous
plaisions à considérer comme auréolé et si pur !

Il l'est, d'un trait de plume, — et cela au moment où l'Eglise fait une fête vraiment bien émouvante à M. Gounod.

Oui, Gounod, qui a chanté Marguerite, Mireille
et Juliette, est aujourd'hui quasiment adopté par
le chapitre !

De passage à Reims, le poète de l'amour en musique a été reçu par l'archevêque, qui lui a demandé
une grande œuvre en l'honneur de Jeanne d'Arc.

— Merci, monseigneur, s'est écrié Gounod, je

veux laisser une œuvre digne d'elle ; je célébrerai l'héroïne. Je reviendrai à Reims, et c'est dans la cathédrale, auprès de l'autel, que je la composerai.

Et tout au large la cathédrale est ouverte à ce profane exquis, dont la grâce nous a touchés.

Lui qui a délicieusement compris et exprimé ce qu'il y a d'humain en nous, il s'introduit dans le sanctuaire.

Dieu et ses prêtres appellent au chœur ce virtuose de l'entraînement et du péché. Rien de trop pour lui. On fait hommage de la table sainte au génie qui précisément parmi tous a trouvé le mieux des trilles, des accords et des cris pleins d'enfer.

L'inspiration de Gounod est toute de suavité, de tendresses et d'abandons ; elle est pour le jardin embaumé le nid et le baiser.

Elle ne va à l'église que pour pleurer la faute... En dépit de cette dernière orthodoxie, de cette maladie d'église qui a frappé l'ancien ami de Georgina Weldon. Gounod demeure l'amoureux enivré de printemps, l'incomparable interprète de toutes les séductions, celui qui a su traduire la chanson et l'élégie du cœur en même temps que les brûleries de la chair.

Et c'est à celui-là que de préférence l'Eglise adresse son compliment !

Dieu sait ce qu'il a égaré et perverti doucement d'âmes tendres. C'est devant sa musique à lui qu'on peut se demander : *A quoi rêvent les jeunes filles ?*

Il possède comme personne l'art de vous bercer, de vous mener adorablement jusqu'au bord de l'abîme ; c'est un enchanteur, un subtil tentateur qui vous saisit les sens, un mauvais conseiller qui vous verse la songerie malsaine, — et le sein de l'Eglise le reçoit avec reconnaissance. Ah! l'on ne saurait rejeter une pareille ouaille !

M. Gounod n'a fait que corrompre, avec sa mélodie qui donne la chair de poule aux petites et aux grandes ; c'est un simple détraqueur qui agit sur les nerfs pernicieusement : bagatelle, bagatelle !

L'Eglise elle-même pratique ce procédé, et elle serait en réalité mal venue à ne pas traiter avec des égards l'homme qui l'imite à la perfection.

Quant à l'autre, à Massenet, à celui qui est un croyant, dont l'art n'a jamais trompé ni détourné personne, qui se refuse à aider aux pâmoisons des femmes et aux perversités des gamines, il a commis un crime monstrueux.

Contribuer à l'abaissement moral, à la décadence de plusieurs générations, ce n'est rien.

Mais toucher à saint Jean-Baptiste, à la lettre des écritures, cela vaut une excommunication de première classe !

S. Em. M. Caverot a beau avoir charge d'âmes : ce n'est pas le souci des âmes qui éclate en tout ceci.

C'est le fanatisme dans ce qu'il a de plus étroit et de plus révoltant. L'Eglise s'armant de ses foudres contre un pauvre opéra qui ne fait point de mal, cela rappelle les temps bienheureux d'autrefois et c'est plein de promesses.

Nous n'en aurions donc pas fini avec la chasse à l'hérétique, les bulles et les inquisitions, si jamais elle triomphait.

Voilà l'avertissement ; voilà qui peut prêter aux méditations de ceux qui s'attardent à cette belle folie : l'Eglise libérale, marchant selon le progrès, s'éclairant et se haussant à lui.

Vous y croyez ? M. Caverot répond : Hors des textes point de salut.

C'est entendu, monsieur. Vous parlez comme les cardinaux d'hier, les charitables et les généreux que nous connaissons. Je vous remercie. La chose est nette et mérite le souvenir.

Nous saurons définitivement, ce dont nous nous doutions déjà, qu'il n'y a rien à espérer de l'Eglise, ni de son sein ondoyant et divers; qu'elle réserve ses grâces à ceux qui font mine de respecter ses papiers en se moquant du reste, et qu'elle est à souhait pour Tartufe.

LES GRANDES DAMES

D'AUJOURD'HUI

Non, ma République n'exclut pas les grâces exquises, l'esprit, le luxe et la beauté.

Je ne suis pas de ceux qui refusent d'admettre qu'il y ait mieux que Mme Chopinet.

L'assurance donnée hier par Claude Vento, dans un livre très joli, que des grandes dames nous restent encore, me sourit et je souhaite qu'elle soit bien établie.

Tout ce qui est d'essence fine et de race me séduit ; il faudrait n'être ni artiste, ni capable d'aimer pour médire des élégances subtiles, des chatoiements, de ce lustre et de ce renom où la femme se rehausse et s'encadre. J'accepte donc volontiers cette précieuse affirmation que le faubourg existe, qu'il est quelque part, dans Paris, un coin merveilleux où se rencontrent les plus idéales, où ce qui figure la distinction, la fortune et la beauté héréditaires, se groupe et se peut admirer.

Mais, je dois avouer que j'avais toujours rêvé dans la « Grande Dame » un peu de cette discrétion qui augmente le charme du mystère, et de cet orgueil ennemi des confidences, des faiblesses. des concessions à la curiosité banale qui vous diminuent.

Je la vois passer impérieuse, superbe et hautaine.

Elle dédaigne les petites satisfactions d'amour-propre que l'on accorde à Mme Chopinet quand elle reçoit avec des violons à danser dans son antichambre ; elle ne veut pas être louée, encensée par cette espèce particulière qui s'appelle le reporter mondain.

Elle repousse cette complaisance qui la livre au public, détaille sa fantaisie, ses joies, ses douleurs, la vante en même temps que ses laquais et ses chevaux.

On ne sait rien d'elle, sinon qu'elle est incomparable et rare.

Elle échappe à ce verbiage plein de flatteries

grossières dont on fait honneur maintenant aux
indignes comme aux autres ; elle domine les indiscrétions.

Il ne lui plaît pas, quand elle est belle, d'être
traitée de Vénus affolante devant la galerie ; elle
n'entend point, quand elle ne l'est pas, qu'on la
console avec ce cliché qui sert pour toutes les
pauvres laides : Mme de X... n'est point jolie : elle
est pire.

Elle n'ouvre avec ostentation ni son boudoir ni
son cœur.

Fièrement elle traverse ce carnaval où nous
sommes, et dignement, avec la conscience qu'elle
vaut davantage et qu'en elle se résume toute la
noblesse et toute l'âme des siècles évanouis.

Mais cette attitude ne semble guère être du goût
d'aujourd'hui. Les *Grandes Dames* dont Claude
Vento nous retrace le portrait toujours printanier
et fleuri, ont posé tout sourire dehors, et on sent
que cela leur est un suave plaisir de prendre la
position.

Non seulement elles se sont prêtées à la sil-
houette bien campée, — les unes sont en toilette
de bal comme Mme la comtesse Aimery de la Roche
foucauld, les autres en travesti comme la comtesse
de Guerne ; celle-ci en petit chapeau des champs

comme la vicomtesse de Greffulhe, celle-là en
jaquette en en petit tyrolien hommasse comme la
marquise de Belbeuf...

Elles ont encore fouillé au fond de leurs souvenirs, elles se sont laissé gentiment raconter.

Certes, on prend plaisir à rencontrer par l'histoire,
parfois, de ces profils de femmes que les chroni-
queurs nous ont conservés.

C'est un parfum du vieux temps qui nous revient
délicieusement.

L'évocation attendrit et fait songer, depuis la
ballade de Villon jusqu'à ces « historiettes » de
Tallemant des Réaux que nous chantent Mme de
Montandre et Mme de Champré.

Il est aussi plein de gracieuses images, de déli-
cates surprises, de joliesses et de saveur, ce livre
des *Belles femmes de Paris*, publié en 1839, qui
redit — ô les roses perdues ! — la comtesse de
Toreno, la princesse Clémentine, la baronne Atha-
lin, la comtesse Merlin, la baronne Duvallier, la
marquise de Banes et Mlle Fitz-James !

Comme ce livre-là, le livre de Claude Vento quelque jour peut-être sera consulté par ceux qui
savent aimer jusque dans le passé, qui sont inquiets
et entêtés de tout ce qui a été la fleur.

Ces pastels aussi seront contemplés avec religion

et, qui sait? plus d'un parmi ceux qui vont venir regrettera de n'avoir pas vécu dans l'époque heureuse qui a vu l'éclat de pareilles floraisons!

Mais, en attendant, il y a pour nous comme un malaise à assister à cette « exposition » des contemporaines.

Plus tard, on ne saura plus que nous avons traité les grandes dames sur le même pied que les petites; on aura oublié qu'il fut un temps, — le nôtre, où tout était confondu, où les philosophes rêvaient pour les grandes dames précisément cette mission de se dérober aux vanités mesquines, de redresser le goût, de rompre avec le besoin effréné où nous tombons de bruit quand même et de réclames malsaines, — et on pourra sans réserve goûter l'émotion, des regrets et de l'admiration pleine de désirs confus.

Quant à nous autres, nous savons trop; nous en sommes trop de cette époque où les sages voudraient que l'exemple arrivât d'en haut, pour n'être pas affligés de toute cette publicité, qui prouve que l'exemple n'arrive point!

Ah! qu'on soit édifié.

Toute l'énergie de Mme la princesse de Metternich consiste à démentir la légende de l'éventail cassé en l'honneur de Wagner et des leçons de chant prises chez Thérésa. Cela se conçoit.

Quant à la princesse de Sagan, dont l'auteur conte les infortunes conjugales avec un souci bizarre de la vérité, elle a été une de nos premières « blondies » ; c'est elle toujours qui, la première, a imaginé de porter la robe rouge, sur la plage, à Trouville.

La duchesse d'Uzès, qui tient aux Clicquot, n'a plus qu'une ambition, c'est d'acheter une écurie à ses couleurs, pour faire des courses son sport de printemps, comme la chasse est déjà son sport d'automne. La première elle a osé conduire un mail aux Champs-Elysées : ce que ô prodige ! on n'avait vu faire encore qu'à Mme Musard.

Mme de Pourtalès, — cette Française qui est une Allemande pour la maternité, a été inventée par Mme de Metternich ; en revanche, c'est elle qui a inventée les costumes assortis, depuis l'ombrelle jusqu'aux bouffettes du fin soulier.

Mme de Poilly, qui a été aimée par l'empereur, et qui est une wagnérienne, revendique par dessus tout la gloire d'avoir déniché et lancé Worth, d'abord simple commis chez Gagelin.

La marquise de Belbeuf, qui a servi à Gyp pour son type de Paulette, brûle la vie et la vie la brûle.

D'ailleurs, « nul souci de l'opinion, une entière liberté d'allure et un parti pris absolu d'appeler un chat un chat et un mari un mari ».

La marquise d'Hervey de Saint-Denis est plus fière de ce costume naturaliste de mendiante qu'elle a osé un soir chez Mme de Sagan, que de sa peinture qui se vend chez Goupil.

En ce qui concerne la comtesse Potocka, sachez que sur son guéridon, à côté du fauteuil familier, est un knout au manche d'argent niellé, un bijou magnifique qui deviendrait terrible, si sa main délicate en faisait une arme défensive. Elle veut, dit-elle, l'avoir toujours à sa portée, pour corriger l'audacieux qui oserait se révolter contre la loi souveraine de son caprice.

Voilà ! c'est à tous ces signes caractéristiques que se reconnaît la grande dame d'aujourd'hui.

Il n'y a pas à s'y tromper, butor et manant et maraud serait à cette heure celui qui lui demande-rait autre chose !

Eh bien ! non, si la grande damerie consiste en tout ceci, je ne vois pas qu'elle soit inférieure, la petite bourgeoise qu'on foudroie d'un regard et qu'on juge de si haut.

Si l'excentricité devient un trait distinctif de grande damerie, la grande damerie est ouverte , si la grande dame a les mêmes travers et les mêmes passions que les autres, si elle ne sait pas résister davantage au plaisir d'être flattée, d'être chroniquée ; si son triomphe c'est un bout de ruban juché et voletant, ou un mot dans les journaux, ou une bonne farce jouée au malheureux monsieur qui donne son nom, — ma foi ce n'est pas la peine de prendre si bel air et de mettre en avant avec cette pompe la cuisse de Jupiter ?

Mais l'auteur a soin de déclarer que les très grandes dames sont placées au-dessus de certaines conventions.

La théorie, en vérité, est commode et faite à souhait.

Pas neuve, — elle est toujours drôle.

S'il faut conclure sérieusement, je dirai que le bon sens et l'équité commandent d'être avec celles qui estiment qu'il n'est point nécessaire de se placer au-dessus des conventions pour être braves honnêtes et vertueuses !

LE BERGER CLOVIS

Le ciel est pur.

La brise est tiède.

Le flot doucement court et se joue.

Partout, c'est un calme charmant, et des parfums délicieux voltigent dans les airs.

Partout, ce ne sont que visages riants, et l'on ne rencontre que des amis bras dessus bras dessous.

Il semble que nous vivions dans ces champs-élysées que la musique de Gluck exprime avec une sérénité si émouvante. Les mauvais sont devenus les meilleurs ; les irréconciliables se sont réconciliés. Tout est bien, tout est beau, tout est bon.

Il n'y a plus d'Extrême gauche, il n'y a plus

d'opportunistes, on s'est donné l'accolade, on marche la main dans la main.

L'Extrême gauche, hier, demandait l'évacuation du Tonkin, l'immédiate séparation de l'Eglise et de l'Etat et la revision.

Aujourd'hui qu'elle adhère au programme ministériel, elle accepte avec nous l'occupation et la protection du Tonkin ; elle s'avise de juger que la séparation ne peut se faire sans ménagements, et quant à la revision, un grand silence est tombé sur elle.

Nous sommes dans l'harmonie parfaite.

Les farouches violences d'avant les élections se sont évanouies, et à cette heure le sein des élus est un sein qu'aucune colère ne soulève.

On s'aime, on se soutient, on s'accorde du zénith au nadir, maintenant qu'on a trois belles années devant soi et que le tour est joué.

Admirable et édifiant spectacle, une idylle parlementaire nous est née. Les bergers le plus terriblement connus sont habillés d'azur, et du rose s'agite à leur houlette.

Ils ont de doux propos, penchés sur la source où des verdures se mirent. La comédie sinistre est achevée.

Tircis rêve au bleu. Mélibœé, auquel un dieu a

fait des loisirs, prend sa flûte virgilienne, prêt à charmer la nature.

Le plus tendre, le plus frais parmi ces bergers improvisés, c'est le berger Clovis.

Celui-là naguère était la terreur des campagnes paisibles; on ne le voyait que les cheveux menaçants, le geste impitoyable, avec dans sa main un bâton effrayant.

Les gens n'osaient le regarder; une réputation de démolisseur cruel le précédait en tous lieux — et il en était fier.

A Marseille, dans la Provence, et jusque dans la grande ville de Paris, on le craignait pour son bras — ce bras que lui même a baptisé un bras vengeur.

On contait qu'il travaillait pour la Sociale et qu'il avait juré d'entasser, jusqu'à son triomphe, ruines sur ruines. Des légendes pleines de sang se répandaient sur cet homme épouvantable...

Et voici que celui-là aussi s'est changé d'un coup en un pâtre joli et gracieux.

Le berger Hugues, un nom qui disait des batailles dans la montagne, est gentiment devenu le berger Clovis.

Il prétend ne se soucier maintenant que des nymphes et des faunes; il veut ne se tenir plus que dans le bois sacré, au milieu des colombes et des formes blanches.

Et, afin que nul n'en ignore, il vient en un trait de génie, de proposer à d'autres bergers de constituer un groupe nouveau, le groupe parlementaire de Defense artistique.

Dix bergers des environs ont répondu déjà à son appel.

Notre cher berger Clovis a poussé le dédain de ses anciennes rudesses jusqu'à faire des avances à ceux-là mêmes qu'il combattait.

Toutes les opinions sont convoquées ; ni la légitimité, ni l'orléanisme, ni l'empire ne sont pour l'arrêter : il s'adresse à chacun, ému seulement dans son cœur naïf et simple.

Ah ! c'est une bien adorable chose que tous ces petits bergers s'attifant et soupirant pour les muses après la tempête !

Cela fait songer à cette page exquise de la Symphonie pastorale où Beethoven traduit la reconnaissance du laboureur, le cri joyeux de la caille et le chant du rossignol, après l'orage.

Ils ont oublié. Ce passé rempli d'invectives, de calomnies et de haines, s'est envolé.

L'opportunisme sur toute la ligne, l'art pour l'art, — et c'est touchant.

Je ne sais ce que produira au juste l'idée ré-
cente du suave berger Clovis. Mais je la reçois
avec quelque plaisir.

Elle nous promet que nos artistes seront pro-
tégés et soutenus, que l'État prendra souci de les
couvrir.

Garder nos chefs-d'œuvre contre l'âge, l'incurie
et la spéculation ; aider ceux qui nous en feront
d'autres ; maintenir nos droits et nos succès ;
augmenter notre bien, c'est une entreprise qu'il
faut accueillir.

Elle honorera l'égloguesque député, et je savoure la surprise qu'il nous cause.

Très habile au fond, cet être géorgique !

Quand il a vu que c'était fini de montrer le
poing ; que, dans ce moment, lorsqu'on est un
Midi, il s'agit de découvrir de l'inédit, il a trouvé
celle-là !

Le berger s'est souvenu de son soleil et de sa
cigale. La Défense artistique ! cela fait encore du
bruit et retentit fort rondement.

On se contentera tout de même là-bas et on dira :
té, il peut bien défendre quelque sose, lui qui a
touzours attaqué !

Nous aussi, nous dirons que cela vaut mieux.

Les cris d'animaux au pied de la « grande tribune nationale » ont cessé de suffire. Je préfère encore cette législature qui s'annonce toute à Watteau et à l'ambre.

Lors même qu'on n'obtiendrait pas de résultat instantané, ce serait un progrès déjà que cette tentative et cette inquiétude d'édifier. Assez de destructions.

Puisque la trêve commence, puisque nous en sommes tous à vouloir embrasser Folleville, efforçons-nous de mettre enfin de l'ouvrage debout.

Que cette ère radieuse ne soit pas perdue, que ces pâtres par miracle assemblés voient se lever la bonne étoile !

Si nous arrivons à créer et à fonder, personne ne se plaindra de ce que l'heure du Berger ait sonné pour la République !

ROUGE A L'ORCHESTRE

Quelque chose a manqué à la pompeuse première du *Cid*, — outre les inspirations nouvelles de M. Massenet.

Paris entier, — ce tout-Paris de bon ton, de belle tournure, de fin esprit, — était là répandu.

Seul manquait un député de grande marque, un ministre de demain, un homme très lié avec le hasard...

Clémenceau.

J'imagine que, retiré en un coin de Vendée, le *debaber* a dû regretter cette soirée que sa présence eût encore décorée !

Il a pris l'habitude de faire figure dans la salle et dans les couloirs, on sait le rencontrer là, toujours extrême gauche, mais par miracle éduqué, séduisant, spirituel...

Et c'est à merveille, car on en est arrivé à se sentir flatté quand d'aventure on a devant soi un politicien qui sait vivre, qui recherche autre chose que l'œil des grandes Compagnies, qui a son idée à vacarme, — en aimant la musique.

Quelques-uns de la suite de Clémenceau ont pénétré son habileté. Clémenceau en cravate blanche a fait sa petite école, et maintenant, dans la politique, c'est à qui se laissera voir ailleurs que chez Mme Adam.

L'Opéra est devenu l'asile de ces purs.

Ils l'ont adopté, ils sont bien avec Louis, ils ont une inclinaison de tête et un geste ami pour l'abonné.

Bisch ne trouverait pas autre chose.

Irréconciliables et farouches quand « ils travaillent » dans les réunions ou à la Chambre, ils éprouvent après comme le besoin de faire entendre à ceux qui ne sont pas de leurs clients, qu'ils ne sont pas aussi peuple qu'il y paraît ; ils tiennent à honneur, semble-t-il, de donner un démenti aux déclamations de leur démocratie obligatoire...

Et voilà une distraction qui vaut son prix pour le

flâneur des entr'actes que de suivre les coquetteries de tous ces virtuoses de la grève, de la misère, du déficit, qui semblent dire ici : ne prenez
pas mon ours.

On ne demande pas mieux.

C'est même une satisfaction pour le public qui
se rassure et admet, avec ensemble, qu'il n'est pas
nécessaire d'avoir tenu un assommoir pour diriger
la France.

Mais l'accès de l'Opéra n'est pas aussi facile que
l'accès du Parlement.

A sa guise, en revenant des courses, ou de
l'hôtel des Ventes, M. Rochefort peut interroger
des diplomates, et, devant sa haute compétence,
citer à comparaître des généraux...

Les secrets de l'Opéra, eux, ne se livrent pas
comme les secrets d'Etat.

Il faut des études, un stage, une pratique assidue avant de savoir respirer l'air de cette maison ;
il faut être initié, — n'y entre pas qui veut, il faut
s'être assuré du groupe de Mollards qu'elle
contient.

Quand jadis M. Vaucorbeil présentait Clémenceau au prince d'Hénin, et à M. Bocher — le frère
de la parfaite ménagère de la famille d'Orléans,
— cela n'était pas encore suffisant. Clémenceau a

dû s'occuper d'un introducteur moins solennel mais plus sûr, et il l'a déniché.

L'ancien directeur de l'Opéra, si plein d'urbanité et si artiste, — je crois bien que l'idée d'un *Cid* remonte jusqu'à lui, — a cédé le pas à M. Cauzard. Ah! Cauzard, quelle providence!

C'est à lui que l'on doit l'acclimatation des radicaux.

Il les a pris par la main, il leur a dit : « Vous êtes chez vous, mes enfants! »

Aujourd'hui fonctionnaire, chef de la comptabilité de M. Ritt, Cauzard autrefois a surveillé et soulevé le fief de Montmartre. Il est encore dans les petits papiers de la politique.

Il tutoie Clémenceau; il tutoie Brisson; il tutoie Tirard.

Il va prendre un bock chez Hébrard, à la taverne de la rue Richelieu.

Il est couru et écouté : c'est toujours influent et imposant, un monsieur qui est dans les chiffres.

Et Cauzard a ouvert son bureau aux amis, et les amis en foule se sont précipités! On allait causer chez Cauzard, et Elles aussi passaient par là.

Celles de la Danse et celles du Chant.

Mlle Mauri plus d'une fois y a parlé beaux-arts, — peu ou proust.

Renée Richard y a décrit les douces intimités de sa maison de Grancamp.

Et il y a deux ans à peine; on y voyait, rayonnante, Léonide Leblanc qui aimait à se reposer là des leçons qu'elle prenait chez Régnier, à l'étage au-dessus. Maintenant elle n'est plus qu'une abonnée comme les autres, et c'est elle qui donne des leçons ailleurs.

Mais un jour, faits à la température, soignés, mijotés par Cauzard, les sombres révolutionnaires se sont élancés joyeusement. Clémenceau qui est un Parisien de la plus précieuse espèce a brillamment réussi.

Il introduit à son tour !

Au foyer, un soir, on voit arriver un long jeune homme guidé par lui.

Biot inspecte, la petite Lobstein a son clin d'œil, Subra s'avance.

— Permettez-moi, mademoiselle, aurait dit alors « l'habitué » avec aisance, de vous présenter mon ami Laguerre, notre futur Robespierre.

Et devant la ballerine légère et jolie, le jeune Robespierre s'est incliné, silencieux, raide et glacé.

Depuis, on n'est pas tranquille quand on croise
M. Laguerre dans les corridors sépulcraux; seul
il conserve une rigidité redoutable, et bien des
gens rêvent avec effroi à une bombe Orsini de
l'Opéra, perfectionnée par le procédé Kropot-
kine.

Les frères d'Anzin et de Montceau, les compa-
gnons, tous ceux qui ont voté sur le cri : « N'en
faut plus ! » peuvent clamer à la trahison, on n'a
pas nommé ces vaillants qui dans leur discours
ont protesté contre tout — même contre la *Levrette en pal'tot*, — pour qu'ils aillent parader au
milieu de ce qui nous reste de distinction et d'élégances...

Les braves qui ont tant reproché à Joffrin ses
dix francs par jour et à je ne sais plus qui ses
voyages en première classe, doivent être blessés
jusqu'au fond de leurs haines par cette manière
de comprendre l'égalité.

Mais, en réalité, la République où nous sommes
ne perdra rien à se traiter par l'Harmonie.

La musique, qui est sur le codex de la Salpêtrière, n'est pas si déplacée dans l'affolement que
nous subissons.

Et puis, est-il défendu d'attendre quelque effet
salutaire de cette rentrée dans l'ordre, de ce

coudoiement avec d'autres qui comptent bien encore !

Isolé, aux prises avec des passions jalouses et féroces, on a pu se laisser entraîner à des pro-messes, à des engagements néfastes : il est bon parfois de se remettre dans l'alignement, de re-prendre la notion de ce qui est possible et de ce qui est juste.

Ce qu'on a accepté dans l'atmosphère alcoolisée de M. Basly risque de paraître monstrueux, sitôt qu'on s'arrache à la contagion...

En quittant un instant l'idée — ou l'ambition fixe, on risque de s'apercevoir qu'autour du Vo-reux de la Maheude il y a la France.

Et si l'Opéra, où tous ces démolisseurs jurés vont s'abattre et applaudir au ballet — bien établi, peut les ramener à l'amour de l'équilibre, c'est le premier service qu'il aura rendu depuis longtemps!

BLUETTE

Merci de tout cœur. Ça, c'est charmant. C'est charmant d'avoir songé à m'envoyer votre petit dernier, ô madame Adam.

Comme il n'y a pas de prix sur la couverture, je pourrais croire que c'est là le cadeau ou le souvenir d'une amitié qui craint le bruit, me figurer mille choses aimables, qu'il y a du secret et du mystérieux entre nous, que je suis votre ami privilégié entre tous, — en un mot les mille sottises que la vanité souffle à un homme...

Mais, par bonheur, le bon sens me retient et m'invite à supposer que, si vous adressez de votre prose à un chroniqueur, — c'est pour sa chronique.

Aussi bien, le chroniqueur parlera de cette co-

16

médie en un acte, et sans vers, que vous avez écrite pour la plus grande gloire de votre salon et la plus rose digestion de vos invités.

Un petit acte, avec ce joli titre : *Coupable* : deux hommes correctement en habit noir, une femme du monde en costume de voyage, — c'est le Rêve, et je vous dois, madame, un des plus doux moments de ma triste vie.

J'ai éprouvé en lisant ces pages de beau papier et de belle imprimerie, — l'accord d'un beau talent et d'un beau caractère, — une émotion dont le public très difficile s'étonnera peut être, quand il saura que tout se passe entre Louis, Bernard et Cécile, — mais qui ne m'est pas moins chère.

Louis, Bernard, Cécile, trente-deux, trente-trois, et trente-cinq ans !

Dans un élégant salon de Paris, quel charme, n'est-ce pas ?

A droite, une table, des brochures et des cigarettes ; à gauche de la table, un fauteuil ; à gauche, au premier plan, un canapé : *Chaises au fond !* Il n'en faut pas davantage pour remuer profondément un pessimiste !

Et si vous saviez, Louis est sur le point de tromper Cécile, — le méchant ! Son ami Bernard vient le chercher pour faire la fête : mais Louis possède une hésitation à l'instant de se livrer à la folle orgie...

Sa femme est dans le Midi, il est libre, même sur une vague lettre reçue il est certain qu'elle a commis là-bas quelque faute, — et pourtant il ne peut se décider, et il l'aime toujours, elle si délicieuse... au fond.

Bernard va néanmoins le convaincre, lorsque la porte s'ouvre, — portes à droite et à gauche, — et que Cécile paraît. Oui, elle paraît!

En la voyant, Louis veut fuir l'infâme, mais elle le harponne au passage, et devant ses reproches et ses plaintes, et ses désillusions, en demandant son pardon, elle risque l'aveu terrible...

Terrible, terrible : elle a été entraînée au jeu et a perdu soixante mille francs à Monaco. O le cher petit ange, ô Cécile, ô Louis, ô Bernard!

Toute la cause de ma joie est dans la simplicité, dans l'idée anodine, dans le bon gros fil de cette histoire.

Tant d'ingénue et de sincère naïveté est pour séduire en un temps où tout veut être conséquent, chef-d'œuvral, parfait. Une plaisanterie franchement moyenne vaut son pesant d'or à une époque où tout est moyen avec prétention : cela émeut de rencontrer encore une bluette sans ambition.

Bluette, — c'est-à-dire un bout de pensée, une tentative de mot et de sentiment : j'aime la bluette.

Schopenhauer n'y est pour rien. Cela parle du printemps et du ciel bleu, — les deux choses les plus exquisement inoffensives qu'il soit.

Quelque chose d'inoffensif, en 1886 ! pendant les crimes qui frappent aux quatre coins de Paris, pendant la grève sombre, pendant l'emprunt, pendant la crise qui effraie, et la désespérance qui ravage, pendant l'empoisonnement du livre et l'enfer des théories ?

Mais c'est la consolation, mais c'est l'oasis ! Maintenant chacun décrète qu'il est lumière et progrès. Maintenant nous sommes tous des pontifes, et le moindre se pique de révolutionner.

On ne sait plus, on ne veut plus dire qu'il pleut ; l'ode à la petite balle est partout, dans le roman et dans le théâtre. On enseigne, on bataille, on démolit...

Des moralistes sont nés, étranges, qui démoralisent. Vlan, — Feu, — Zut.

On cherche en vain à qui se uouer, que croire, — quoi faire. Il y a des paquets de vérités bizarres qui vous tombent lourdement dessus. C'est le chaos, c'est la nuit, — oh ! béni soit l'inoffensif qui ne signifie ni ne prêche rien, qui coule douce-

ment et vous laisse en repos regarder le soleil
luire et les mouches voler!

Bluette, vous êtes adorable en ce temps où le
factum circule, où tout surexcite, insulte et per-
vertit!

En donnant cette bienheureuse bluette, Mme Adam
fait ainsi presque une bonne action; elle a réussi
surtout une action intelligente et habile, — car elle
oblige à désarmer tous ceux que le bas-bleuisme
met aux champs.

En vouloir à une femme qui écrit cela? L'accuser encore de trahir le Créateur, prétendre avec
Barbey d'Aurevilly qu'elle donne la démission de
son sexe?

Ce serait d'une injustice criante: il faut réserver
ces remontrances et ces colères pour les femmes
qui publient des livres comme *Païenne* et comme
le *Voyage d'une Parisienne en Hongrie.*

Ce qu'il importe de poursuivre, c'est l'affectation, la pose, l'orgueil qui poussent les femmes
à traiter et à trancher de ce qu'elles ignorent: la
bluette, encourageons-la chez elles, la bluette dans
laquelle on les retrouve toutes, avec l'inanité adorable de leur observation, la futilité aimée de leur
esprit, la légèreté de leurs artifices.

C'est montrer une raison grande que de revenir

16.

à cette bluette, au passe-temps, « au caprice ; »
le bas-bleu, en effet n'est excusable que lorsqu'il
nous offre de ces fantaisies-là, de celles qui ont
l'air d'être nées d'un loisir, entre le sommeil de l'enfant et la reprise savante d'un haut-de-chausse !

Les plus endurcis féliciteront donc Mme Edmond
Adam d'avoir édifié *Coupable*, un petit produit lit-
téraire qui ne tient pas debout, qui ne rime à rien,
qui ne pèse rien...

C'est rester très joliment femme, et c'est très
spirituellement se faire absoudre.

Nous l'aimons mieux ainsi, dégagée de la Politique, de l'Histoire, de l'Economie, de la Philosophie et de l'Olympe, — et j'ose lui adresser ici
mon meilleur compliment pour avoir songé dans
cette littérature à redevenir elle-même, — inoffensive et tout aimable.

UN CHEVEU

Je viens de recevoir un volume qui m'a fait encore penser quelque mal de mon temps. Cette histoire de la coiffure en France que donne M. Ollendorff est en vérité pour rendre rêveurs les Parisiens d'aujourd'hui, tous ceux qui ne se plaindront jamais que la mariée soit trop belle.

Ah! quelle «ballade aux dames du temps jadis» que ce livre qui rappelle toutes les grâces que nous avons laissées se perdre, les séductions évanouies, le moyen de plaire et de se faire aimer davantage dont avons égaré les secrets! Mises en regard de ces anciennes qui savaient déployer les fantaisies merveilleuses, qui ne négligeaient pas un détail pour séduire et pour retenir, les contemporaines paraissent de bien petites personnes sans recherche, sans idées.

Elles ont diminué nos chances d'être éblouis, elles nous ont ôté un raffinement, — une raison de plus d'être tenté de faire une bêtise; et pour qui sait vivre, c'est là une impardonnable faute.

La coiffure était dans le programme des maîtresses d'antan. Elles en jouaient, elles lui demandaient le complément de la beauté, du luxe, de la poésie, de l'amour.

A cette heure, la coiffure n'a plus pour elle que la dame en cire des vitrines, cette singulière personne au corsage de satin blanc, aux yeux taillés en amande, au nez idéalement fin, dont la bouche est rose comme une gueule de jeune chat, et dont le teint est comme un géranium laiteux.

Il n'y a plus que ces poupées-là pour inspirer et faire tressaillir l'âme artiste des virtuoses du peigne.

Naguère on mettait de son esprit, de son cœur, de ses passions dans sa coiffure! maintenant on y met l'atroce banalité.

Cet art ainsi semble tourner dans un cercle étroit, en pleine décadence. Nous n'avons plus les hardiesses d'autrefois, les impromptus exquis; nos

Parisiennes, — qui s'entendent pourtant à coiffer, — ne se coiffent plus elles-mêmes.

A onze heures, l'artiste arrive, il met madame en main et sans souhaiter autre chose, enroutiné dans sa tâche quotidienne, il ne cherche pas à innover.

Depuis longtemps le tortillon anglais fiché dans la nuque détrône définitivement le catogan grave et cette admirable coiffure empire, d'une effronterie si éloquente !...

A quand un Christophe Colomb?

Voici la saison qui commence, les lustres s'allument dans les grands salons lambrissés... Ah! messieurs, montrez-nous que sous votre peigne bât une âme française.

Allons vite une trouvaille... Il s'agit de saisir l'occasion aux cheveux.

Je ne vous demande pas de nous rééditer les tours de force de Léonard; les Parisiennes d'aujourd'hui s'accomoderaient mal, j'imagine, de la *Conque de Vénus*, ou du *lever de l'Aurore*. Il est probable que si nous voyions quelque mondaine élégante nous apparaître avec un singe, un amour et un petit nègre sur le crâne, comme je ne sais plus quelle princesse de cour, elle ferait au moins le succès du nouveau cirque.

Mais est-ce bien avec cette *Nationale*, ce *Petit Nid d'alouettes*, cette *Chambre syndicale ouvrière*, ou cette *Mariée inédité* que vous rêvez de vous relever?

En coiffure, plus qu'en tout autre chose, le plus petit cheveu jette son ombre.

Il ne faudrait pas laisser la mode en face d'un si maigre régal. C'est pitié vraiment que de voir la misère et le commun où sont réduites nos blondes et nos brunes.

Une tresse par-ci, une frisure par-là, et voilà le répertoire épuisé. L'imagination gracieuse se meurt. Nous avons l'air de traiter comme détail inutile l'imprévu, le charme, la séduction de la coiffure.

Et parfois pourtant l'amour ne tient qu'à un cheveu, — encore plus qu'à un fil.

Balzac, en jouisseur émérite, ne manquait pas de donner, dans la description minutieuse de ses héroïnes, un coup d'œil de maître à la chevelure; aujourd'hui, nous notons la couleur à la hâte, et nous passons.

C'est que nos Parisiennes, si versées dans toutes les perfections du chiffon et expertes à paraître, se désintéressent des harmonies du cheveu. La coiffure n'est plus guère pour elles l'étude fine dont elle était l'objet au temps passé!

Lorsqu'on pense que quelques-unes ont adopté

cette monstrueuse coiffure à *la chien* née à Saint-.
Lazare, on se prend à rêver tristement sur les
vieilles estampes jaunies aux aïeules éblouissantes
qui étaient subtiles et parfaites jusqu'au bout des
cheveux...

Le cheveu aujourd'hui ne compte plus, dirait-on,
que lorsqu'il devient blanc, — comme dans le proverbe d'Octave Feuillet, — ou lorsqu'il tombe.

Par une bizarrerie à remarquer, « l'art capillaire »
s'exerce surtout au profit de ceux à qui les cheveux
ont faussé compagnie.

Avec de véritables prodiges, on est arrivé à faire
quelque chose de rien.

Pour habiller décemment un ivoire trop nu,
pour grouper les derniers restes et les accommoder,
on a des adresses et des roueries uniques : la cal-
vitie peut être reconnaissante...

Les artistes de maintenant semblent n'avoir plus
que l'ambition de manier et d'échafauder au petit
bonheur les cent mille kilogrammes de faux cheveux qui se trafiquent actuellement à Paris : che-
velures achetées dans nos départements de l'Ouest
ou livrées par les communautés religieuses ou
l'étranger.

Quant aux cheveux authentiques, il s'agit bien
de cela ! Plus ils sont italiens ou autrichiens sur la

tête de nos Parisiennes, plus le coup de peigne en est amoureux et soigneux...

Les coiffeurs, eux aussi, dédaignent la nature!

Il nous faudrait une Renaissance. C'est sotte barbarie que de laisser en cette indifférence tant de beaux *jardins de cheveux*, comme disaient nos grands- pères à tabatière royale.

Mais nous sommes si bien pliés à ce lamentable embourgeoisement, qu'elle sera difficile, la révolution du coup de peigne!

Déjà nous avons crié à la folie devant la coiffure originale, embuissonnée complexe de cette pauvre Feyghine.

On la soupçonnait volontiers de détraquement, parce qu'elle laissait une mèche en l'air et ne faisait pas rentrer ses cheveux dans le rang avec une épingle pour caporal!

Et c'est aujourd'hui comme hier. La désillusion persiste...

On ne sait plus se faire aimer jusque par-dessus la tête.

Nos Parisiennes les plus émancipées conservent ces coiffures uniformes, méthodiques qui sentent l'ordre et l'économie, — et on ose les accuser de mener la vie à tous crins!

DUO

Encore un coin de Paris qui s'en va ! Encore une des curiosités de la grand'ville qui disparaît : les frères Lionnet donnent leur concert d'adieu !

En vérité, le temps ne respecte rien.

Quoi ! eux aussi sont atteints par le démolisseur, eux que chacun croyait éternels ! Evanouis comme les anciens quartiers pittoresques, comme la Butte des Moulins et le marché Saint-Joseph !

Le Parisien qui aime Paris et ses types et ses vieilles choses ne saurait rester indifférent devant une pareille catastrophe. Ne plus entendre les frères Lionnet, ne plus les voir, peut-être !...

C'est là une de ces douleurs que seuls comprendront les amateurs d'antiquités originales.

Rencontrer Anatole, c'était aussi rencontrer

Hippolyte. Jamais ressemblance ne fut mieux crachée. Dans le bedonnement universel, au milieu de la vulgarité des cabotinages d'aujourd'hui, les frères Lionnet ont conservé leur forme et leur allure.....

Les cheveux très noirs, pendants et pommadés dans le cou, le teint pâle, les joues et le menton glabre, — le tout bleui et d'une rugosité de poils fauchés.

Et ce bon sourire sur les lèvres minaudières, et cette démarche pleine de nonchaloir, et ces arrêts méditatifs aux colonnes Morris, et ce paletot caca d'oie, ouvert, flottant, dansant sur les mollets, et à la boutonnière cet énorme ruban académique !

Ce spectacle charmant nous serait ôté ? Nous cesserions d'avoir cette joie de croiser A ou H en bonne fortune, à la brasserie, le soir, très tard, devant un œuf dur ?

Hélas ! c'est écrit, c'est fatal. Les frères Lionnet se retirent de la vie, ils organisent leur bénéfice te ne prêteront plus leur bienveillant concours...

Le petit rossignol qu'ils avaient dans le gosier, tout près de leur imposante pomme d'Adam, — le petit rossignol, il est mort.

C'était un gentil rossignol de salon, toujours disposé pour la **musique** de bienfaisance.

Il a chanté pendant des années longues, pour les sages, — et pour les fous. On le connaissait jusqu'à Bicêtre et jusque dans la cour de la Salpêtrière, — et maintenant, adieu, c'est réglé !

Quel coin de Clamart ou d'Asnières recevra le pauvre oiselet ? Quelle banlieue, quel jardin juste assez grand pour une laitue et un petit pois héritera des frères Lionnet ?

Poignante incertitude et cruel problème dédiés à tous ceux qui ne comprennent pas les frères Lionnet sans Paris et Paris sans les frères Lionnet...

Mais est ce possible que tout cela finisse comme le songe d'une nuit d'été ?

On s'était habitué, bonnement, à ne pas rencontrer l'un sans l'autre, à ne pas lire une affiche sans y voir briller leur personne, qui promettait tant de siamoise harmonie ! Ils s'identifiaient avec le pavé, le trottoir. dans les jours et les veillées du boulevard...

Peu à peu nous les avions pris pour de véritables monuments ; ils étaient comme classés par la commission de protection, ils faisaient partie des choses chères, des souvenirs, de l'histoire de Paris...

Et pour un rien on aurait écrit au dessus de

17.

leur nom : République française, Liberté, Egalité,
Fraternité !...

C'est de nouveau une illusion qui s'envole : les
frères Lionnet sont des êtres vivants, — et ils
prennent leur repos !

Aussi bien, avec eux, c'est toute une spécialité
qui s'éclipse ; les derniers représentants de la romance dans les temps modernes emporteront la
romance en leur retraite.

Eux seuls maintenaient encore ce genre très
doux, fait de miel et d'exquises fadeurs : après
eux, personne ne dira plus l'amour de Lise ou de
Suzon.

Les hirondelles, les brises légères, le flot bleu,
les roses, les papillons et les tièdes rayons du soleil d'or vont pouvoir enfin se reposer !

Les lèvres de corail, les yeux fendus en aman-
des, le cou d'albâtre, ont accompli leur destin. On
va suspendre la guitare au mur avec la lyre ; le
troubadour ne guettera plus sous le balcon, nous
en avons terminé avec les sentiers ombreux, la
ramée, et le ruisseau d'argent qui murmure !

Les frères Lionnet étaient les ultimes interprètes
de toutes ces jolies et caressantes banalités.

Ils mettaient à leur service un art infini et consommé ; nul ne rendra jamais mieux ce sentimen-

talisme qui inquiète au plus profond l'âme des vieilles filles : ils ont excellé dans ce roucoulement redoutable, avec accompagnement de piano, après dîner.

Ohimé ! A présent ce sera plus difficile de changer en un petit flirting-club le salon plein de japonaiseries et de palmiers, odorant, soyeux et éclairé discrètement par les lampes de la cheminée aux grands abat-jour de dentelles...

La musique manquera, cette musique si tendre, si suave et si « invitante » dont les frères Lionnet ont le secret merveilleux.

A présent aussi ce ne sera plus facile de distraire ses invités et de bercer les plantureuses digestions !

Eux, ils étaient là, heureux toujours d'être agréables, applaudis, à coup sûr et charmants.

Oh ! la bourgeoisie parisienne, quelle affreuse perte elle subit aujourd'hui ! Les frères Lionnet lui étaient un programme, un chic, une vanité !

Ces deux infatigables ont fait l'orgueil de plusieurs générations d'amphitryons, des romans sont nés de leur romance, des mariages se sont noués sous le charme répandu de leurs voix...

Dieu juste ! qui sera de taille à leur succéder ? Par qui, par quoi remplacer les frères Lionnet ?

De toutes les interrogations posées en ce moment, voilà bien la plus passionnante et la plus grave. Le ministre de l'intérieur n'a qu'à se mettre promptement d'accord avec M. Gragnon s'il veut empêcher les troubles dont nous sommes menacés.

Non, vraiment, c'est trop, ce temps est trop éprouvé !

Comme si nous n'en avions pas assez, comme si la coupe amère n'était pas débordante ! Il nous fallait encore ce malheur ! Citoyens, soyez calmes, faites appel à toute votre sagesse, que votre courage soit à la hauteur de cette épreuve !

D'ailleurs, un recours subiste, une espérance délicieuse : ce n'est que la première fois que les frères Lionnet parlent de rentrer dans l'ombre et le silence ; — et une fois cela ne fait pas encore le compte.

Pour être valable, cette démission doit se répéter dix belles fois au moins.

Chacun sait que ces menaces sont autant de coquetteries : il y a des exemples et des précédents.

M. Got, M. Delaunay, M. Coquelin, sont restés longtemps encore après avoir annoncé leur retraite ; Monsieur Thiers lui-même, pendant des législatures, a parlé de partir, — sans partir.....

Ce jeu des illustres est aussi permis aux frères

Lionnet. Ils réfléchiront peut-être, ils reviendront sur cette décision qui est tout un désastre.

Oh ! ils ne voudront pas, j'en suis sûr, plonger les maîtres de maison dans cette disette, la romance dans ce marasme et dans ce deuil, l'archéologie !

POÈTE

L'heure n'était pas assez farouche. La crise assez poignante. La déroute assez terrible.

Depuis que la grève sévit à Decazeville, l'inquiétude de tous n'était pas encore assez grande...

Il fallait à cette furieuse rébellion l'appui des législateurs, il fallait apporter à ces forcenés un peu d'inviolabilité !

M. Basly, l'homme qui fait des lois, est allé soutenir, dès le début, de sa parole empoisonnée comme l'alcool de son ancien cabaret, ceux qui ne veulent plus de lois.

Mais M. Basly, c'était trop peu : ce personnage risquait, avec ses raisonnements, ses sophismes monotones, ses froides colères, de fatiguer la masse sombre de ces héros,

Une lassitude pouvait s'emparer d'eux ou un doute; ils pouvaient à la fin se moquer du rhéteur et le planter là pour reprendre l'ouvrage... On leur expédie un poète !

M. Clovis Hugues s'est mis en route : un poète ! Il n'y a plus de danger maintenant qu'ils échappent, ils sont empoignés à nouveau, — et par l'Olympe et par le Midi.

A la rescousse les riens sonores, les phrases ailées ! Le Dictionnaire des Rimes est parti pour Decazeville ; des gestes superbes, des poses tragiques, des cheveux célèbres sont arrivés là bas...

Tout cela est d'un effet sûr, et l'on compte bien que le poète fera son œuvre.

Belle et glorieuse journée pour lui, en vérité ! Il trouvera là des rages à éblouir et des douleurs à exaspérer, facilement, en quelques mots lancés dans une épique grimace imitée des anciens de la grande Révolution !

Avec la vision de Marat devant lui, il parlera et il sera d'une éloquence sinistre et il saura frapper, surexciter, provoquer sans avoir l'air d'y toucher, même quand il plaindra les innocents, dans des strophes en prose, très douces et très émues, sur les petits, les aïeules et les colombes !

Et quand les poitrines se seront soulevées dans un cri de menace, quand toute idée de paix aura fui de ces têtes mises en feu, quand ces infortunés verront rouge et se seront perdus en nous perdant, il s'en ira content et fier.

Ce sera un succès, — en attendant celui de l'Odéon, — et cela donnera à Mlle Léonide Leblanc, sa future interprète, une fameuse envie !

Eh bien non, mon cher Clovis Hugues, ce n'est pas dans ce rôle-là que je vous affectionne. Ne dites pas que vous courez à ceux qui souffrent : vous courez à ceux qui haïssent.

Est-ce la concorde que vous apportez ? Est-ce la patience ? est-ce la consolation ? Point. Le poète qui est en vous n'accomplit pas ici la mission du poète.

Votre inspiration est un appel à une bataille odieuse, vous tenez la torche à la main.

Pousser ces pauvres diables à bout, exploiter tant d'ignorances et de passions, diminuer les chances de ces misérables ! Moi qui ne suis qu'un bourgeois, je trouve que c'est mal d'ôter à ces gens toute excuse de leur affolement et de retarder l'amélioration de sort qu'ils rêvent et qui est juste.

Grâce à tous ces politiciens qui se sont abattus

là-bas, maintenant les malheureux que dans
Germinal on montre courbés par la mine et dans
Happe-Chair par la souffrance, disparaissent : il
faut de la poigne là où on voulait de la pitié.

La charité qui s'émeut est interdite à cette
heure, — le devoir, c'est l'énergie qui veille.

Et ce sont les amis, et ce sont les frères qui ont
fait cela. Ah tenez bon, — voici de la monnaie,
voici du tabac, voici des poésies révolutionnaires,
voici des souvenirs de la Commune ! tenez bon —
et quand nous aurons mené un beau tapage avec
vous, quand vous nous aurez bien servi, tâchez
de vous en tirer !

Parbleu, il y a déjà quelques candidatures nées
de Decazeville, comme celle de M. Basly de De-
nain ! C'est simple, c'est réussi.

Mais il n'y aura donc pas un homme dans la
foule de ces pâles victimes pour comprendre ? mais
personne ne se lèvera donc au milieu du meeting,
tout d'un coup, pour imposer silence à ces virtuoses de la grève et pour les dévoiler ?

Refuser d'être « la bête de somme du capital »
pour devenir celle de l'ambition ! entreprendre
des révolutions, avoir faim, ne plus savoir bientôt
où vivre, pour tous ces messieurs qui débarquent
de Paris !

Ah ! pauvres gens, vous mériteriez mieux et je
vous souhaite un homme qui vous entraînera —
fut-ce par le mot de Cambronne, — à résister à
tous ces prêcheurs de résistance !

M. Clovis Hugues a exécuté un petit voyage là-
bas avec sa Muse : c'est une bonne fortune que de
rencontrer ce couple. Et il paraît qu'il a dit devant un public compact, vibrant, secoué, cette
admirable pièce qu'il a intitulée le *Droit au Bonheur*...

Il lui est d'ailleurs impossible de ne pas dire
cette pièce-là ; elle fait partie de son cœur — et de
son programme.

Eh bien, il est question là-dedans pour les pau-
vresses de connaître aussi le flot des dentelles et
l'éclat des diamants : je me rappelle ici le vers
d'Hugo :

> Charles X souriant répondit : ô poète !

Les belles périodes et les déclamations achève-
ront ce temps ; il y a maintenant des poètes pour
démolitions.

Vous n'avez pas le sou ? vous crevez la misère ? on ne vous parle plus de travailler. C'est le
vieux jeu.

Ce n'est pas la peine de gagner : prenez ! Rebif-
fez-vous, hardi ! l'arme au poing ou le bidon,

ruinez et watrinisez : la Sociale prétend que tout
danse, un peu, pour voir.

Et tout dansera si l'on n'arrête pas cette clameur résolument et si l'on ne coupe pas la fièvre
qui nous tient, les imprudents d'aujourd'hui seront les coupables de demain.

Poète, retournez à Chloris. Liez-nous des bou-
quets de bleuets et de coquelicots. Soyez dans
l'Idylle claire et parfumée...

Que si des penseurs graves et puissants vous
obsèdent ; si vous avez la flamme et l'enthousiasme dévoué de l'apôtre, montrez-nous ce qui
est sain, utile et fort ; quittez l'ouvrier pour considérer l'œuvre...

Et faites-nous des soldats, non des révoltés,
avant la Bataille !

TABLE DES MATIÈRES

———